LEVERAGE!
窩輪牛熊全面學

推薦序

推薦序

窩輪和牛熊證都是股票投資常用、攻守兼備的衍生工具。股票初哥，都希望學會利用其槓桿原理、以小博大，用最少時間賺取最大利潤，從而建立長線投資的基礎；投資老手，則更會配合「正股」作出對沖策略，將每次交易的值博率提升至最高。任何投資或衍生工具都存在風險，但善用的話，就可將優點發揮至最大，將缺點縮減至最小，專家就是如此得名。

有「輪聖」之稱的高 Sir，絕對是香港頂尖的窩輪和牛熊證專家！而創意也十足的他，繼前作《Start! 股票操作笑住學》後，今次再度突破傳統財經書的規限，將窩輪、牛熊證及股票等投資知識，結合時空穿越劇元素，輕鬆而專業地向讀者傳授重要的操盤概念和實戰技巧。

本書內容由淺入深，基礎學習從「窩輪和牛熊證的分別」、「認購和認沽的操作」、「牛熊街貨量」、「價內和價外」等知識開始，進階級別至「引伸波幅」、「末日輪」、「即日鮮」、「止賺止蝕」等技巧掌握，都一應俱全。當中的投資智慧和風險管理手法，全是高 Sir 多年累積的心得精華，得到他的傾囊相授，大家千萬不要錯過呀！

陳卓賢（Michael）
資深財經編輯
暢銷書《股票投資 All-in-1》及
《從股壇初哥，到投資高手》作者

作者序

繼前作《Start! 股票操作笑住學》後，已有一年時間沒有新作了（對此，還望出版社「格子盒作室」對本人的延期又延期，大人有大量啊！）。

2017 年，恒生指數由 20,000 點，躍升至 30,000 點水平！因而在股場致富的朋友大有人在！由於可以「刀仔鋸大樹」，衍生工具一向都是散戶鍾情的投資產品；不過，與此同時，衍生工具本身亦存在著一定風險，有機會令投資者的本金盡失，所以一直以來，散戶都對其又愛又恨！一方面，沉醉於其「本少利大」的槓桿致富機會，卻又不時成了大戶在股場上的點心，「殺牛記」/「殺熊記」的故事，屢見不鮮！有見及此，筆者撰寫了這本作品，可謂是前作的延續，希望透過小說故事的內容，令本來沉悶的投資技巧和理論，以輕鬆簡明的手法闡述，令讀者容易吸收，從而更了解「窩輪」和「牛熊證」操作上的要點，打好投資致富的基礎！

特別一提，除了股票、窩輪和牛熊證的投資外，筆者亦是一個標準的科幻迷！是以這次故事特別加入了近期熱爆的「曼德拉效應」（Mandela Effect）作為元素，「科幻」與「金融實戰」的 crossover，無論你是科幻小說迷，抑或是股票投資的有心人，都應該會喜愛吧！

高俊權（Ko Sir）

資深投資博客、《Start! 股票操作笑住學》作者

目錄

第4章
「窩輪牛熊」專業操作

共通點篇

窩輪篇

牛熊證篇

第5章
「窩輪牛熊」致勝策略

Kim / 少年 Kim

擁有天才的投資觸覺，少年時代因為過於自負而招致失敗，及後獨自踏上股神之路，投資技術十分了得，原本和 Finna 同屬一家名為「天成」投資公司的職員，而在「那一役」後獨自創立了「盛天金融」。投資技術已達到神級的他，有一日，出現了模糊意識而暈倒……醒來後發現和原有的認知……好像有一點不同……

Arthur / 少年 Arthur

人稱「鬼 R」，少年時代熱愛足球，曼聯是他的第二生命！從中學時代開始一直視 Kim 如兄弟，他們曾經在同一間公司工作，而「那一役」之後，Kim 離開了原本的公司，並創立了「盛天金融」，至於 Arthur 則留在原有公司，任職投資總監一要職。

Finna

爽朗而帶有陽光氣息的女生，是Kim舊公司的同team同事，她被Kim對投資的獨有觸覺所迷倒。自「那一役」後，Finna和Kim成為真正戀人，並在「盛天金融」和Kim一起並肩作戰！

Stephy

沉迷排球的美女，喜歡探索、思考，對任何新事物都有好奇心，求知慾極強。她有著火一般的投資熱誠，令Arthur十分雀躍，一代浪子被她完全征服！

Natalie

網上紅人，一直對「曼德拉效應」有著深入研究的女生，總是帶著神秘的氣息。她研究曼效達十年之久，是網上曼效群組的創立人，常與一班曼效研究隊進行討論和研究。有一日，Stephy 單獨和她約會……

謎之少年

神秘少年不時在劇情出現……他的真正身分究竟是何方神聖……？！

Kenson

Arthur 受僱公司的老闆，即 Kim 的前任僱主，本身是富二代。

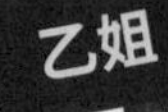

乙姐

Kim 和 Finna 的舊同事。

關於「那一役」的往事……

民間傳說，一位叫 Kim 的「股神」，隱藏身分，與好兄弟 Arthur 一起，在「天成投資公司」做「打工仔」……在辦公室裡，Kim 遇到天資優厚的股票初心者 Finna，二人日久生情，卻與兄弟 Arthur 捲入三角戀的困局中；同時間，紙終究包不住火，Kim 被「腦細」Kenson 發現了他的「股神」身分，繼而引發了「那一役」—— 一場 Kim 與暗藏一身財技本領的「腦細秘書」Ella，以操盤決勝，雙方使出渾身解數，上演爭任「投資總監」一職之戰！

欲知「那一役」之詳盡來龍去脈（也就是本故事的前傳），請讀者翻閱《Start! 股票操作笑住學》！

第1章

踏入「窩輪牛熊」市場通道

1.1

「金融海嘯」的十二年後，即 2020 年——

「樂美冰室」的某角落，四人正開懷用餐，從門外的窗口窺看，見到兩個虎背熊腰、略帶點中年發福的男人背影並排而坐；而坐在他們對面的，則是略帶成熟、又富有氣質的兩位女士。

「呢度嘅座位太窄啦！你睇下，Arthur 一個人已經佔咗大半個位！」抱怨著的，正是「股神」Kim。

「梗係啦，你哋睇下自己，中年發福咁嘅樣！成日坐喺電腦前面睇股票升跌！」坐在 Kim 對面的，是一身成熟打扮的 Finna，隱約散發出一點貴氣。

「呢間冰室好似咁多年都無咩大改變，難得難得！可惜我同 Kim 嘅身形就大咗一個碼！連張凳都容納唔到我哋啦！哈哈……」大笑的是 Arthur——Kim 的「終身老友」。

2020 年，以 Kim 為首的「盛天金融」正準備在創業板上市，能夠在創業板上市，意味盛天金融已符合了聯交所創業板上市的最低要求，即兩個財政年度合計至少達 2 千萬港元的營業現金流，以及市值達到最少 1 億港元的要求。

「Hehe……你哋真係長情，一個就係準上市公司主席，一個係公司投資部總監，成日都會嚟呢間樂美冰室！因住畀人『標參』呀！」她是 Stephy，Arthur 的同居女友。

「點呀，準上市公司主席，幾時同準主席夫人正式結婚啫？」Arthur 說罷，把 Finna 弄得滿面通紅。

「盛天啱啱先搞上市，好多工夫要準備！結婚嘛……哈哈～」Kim 的回答，令 Finna 有點不是味兒。

「哼！我去洗手間先！」說罷，Finna 帶點怒氣離開座位。

「我都去！等埋我 Finna ！」Stephy 似乎感到勢色不對，一起前往。

2008 年，一場金融海嘯改變了 Kim 和 Arthur 的命運。這兩兄弟本來精通「認股證」（Warrant，俗稱「窩輪」）和「牛熊證」市場，Arthur 卻因為貪念而輸掉不少本金，從此轉戰房地產投資。當時，他用剩餘的本金去付首期買樓，今天他已坐擁五層豪宅！至於 Kim，則展開了長線的投資操作，用「真・股神」的價值投資法去倍大財產。

買賣窩輪或牛熊證，需要特別戶口？

Kim和Arthur曾一度活躍於「認股證」(即「窩輪」)和「牛熊證」買賣，而初接觸者很多都不知道該從何入手。

作為新手的 Stephy 就曾問 Arthur：「其實呢，入窩輪同牛熊證，要唔要特別開個戶口呢？」

答案是——「唔需要！」

一般銀行或證券行所提供的股票買賣服務，其戶口操作已包含窩輪和牛熊證的買賣，投資者在已有的股票戶口內進行交易便可，操作和一般股票交易無異。

樂美冰室的女廁內——

「你唔好咁攰啦！」Stephy 對著洗手間的鏡子邊補妝邊說。

「邊有攰啫，我無事喎⋯⋯」Finna 冷冷的回應。

「哈哈，你塊面仲黑過呢間廁所喎！」

「咁係吖嘛，Kim 喺股票投資上係好有成就，但佢份人就吊兒郎噹，每次提到婚事就左推右推！咦呀～激死我吖！點解呢間廁所嘅燈光咁暗㗎啫！」Finna 進行瘋狂的洗手動作。

「係吖，真係奇怪！好似以前嚟都無咁暗㗎喎！」Stephy 帶點不安地回應。

「砰！」Finna 突然暈倒！

「呀！喂！ Finna ！！！！」

同一時間——

「最近硬係有啲心緒不寧，有時仲會眼前一黑！」Kim 和 Arthur 一直在座位上傾談。

「係咪你太專注搞上市嘅事呀？但忙還忙，你近排好似對 Finna 有啲冷漠？」Arthur 向 Kim 投射了質問的眼神。

「邊有呢～」Kim 不屑地回應。

「無事就好啦，自從『那一役』後，我見證住你哋排除萬難、喺埋一齊，做兄弟嘅當然想你哋嘅故事能夠圓滿啦～」

「哈～搞咩呀 Arthur，忽然咁感性嘅！？」

「講起『那一役』，依家諗返都覺得好笑！最後你走咗，同你決鬥嘅 Ella 無耐又辭職，Kenson（當年公司老闆）一個月後睇到你哋決戰嗰張買賣月結單，交易手續費多到佢爆咗一日粗！哈哈哈！」Arthur 大笑著說。

「係啦，『那一役』簡直係……！哎！我個頭，突然好痛！？」Kim 雙手緊握著頭，頭痛得快要裂開一樣，然後他暈倒在枱上。

「發生咩事呀！？ Kim ！！！」

（編按：提一提大家，關於 Arthur 曾暗戀 Finna，以及 Kim 曾與 Ella 在前公司對決的「那一役」詳情，請看高 Sir 前作《START! 股票操作笑住學》。）

每次交易要付多少手續費？

關於買賣窩輪、牛熊證的手續費，各大銀行和證券商的網站一般都會列出詳盡的收費內容。銀行和證券行所收取的佣金都各有不同，開戶前宜多作比較！

一般來說，銀行佣金提供的優惠較少，但安全性較高，很少出現倒閉或黑客入侵等情況。證券商佣金較低，甚至是以免佣金作招徠，惟系統較不穩定，或安全性較低，出現倒閉的風險也較銀行高。

例：滙豐銀行

項目	收費
透過網上 / 電話落盤	成交金額的 0.25%（最低收取 $100）
到期收取現金	收取金額的 0.2%（最高收取 $300）
到期收取證券	每一個單位收 $5
印花稅（政府公價）	成交金額的 0.1%

** 以上交易費用內容只供參考，一切以當時銀行公布為準

實戰操作

例：富途證券

凡買賣窩輪、牛熊證及 ETF 時，按每筆交易成交金額，會產生如下費用：

類型	費用	收費方
佣金	成交金額的 0.05% （最低收取 $50）	富途證券
其他政府固定收費	成交金額的 0.0127% （其中 0.002% 代香港結算所收取）；最低收取 $5.5，最高收取 $200	香港結算所、 富途證券、 香港證監會

** 以上交易費用內容只供參考，一切以該公司公布為準

Kim 跟 Arthur 在樂美冰室閒談間，突然眼前一黑，頭部劇痛，更即場昏倒過去！無獨有偶，Finna 在洗手間正和 Stephy 談得興起時，她也同樣感到一陣眩暈而昏倒！

山頂某醫院的高級私家病房內——

「仲唔係因為你哋搞上市操勞過度咩！休息吓啦 Kim ！你已經好成功啦～無謂咁迫自己！仲有你呀 Finna ！以前你總係充滿活力，但依家點搞呀！」Arthur 正嚴厲地向 Kim 和 Finna 訓話。

「麻煩晒你同 Stephy 啦，好彩你哋喺度咋，唔喺就『大檸樂』……」Finna 無奈地說。

「我覺得近期自己係有啲奇怪，記憶好似好混亂，有時會突然眼前一黑……唔知點解，總覺得有事情將會發生……」Kim 愈想愈感到不對勁。

「哈哈～你太操勞啫！搞上市嗰，壓力大係常識～放心喎！更大嘅壓力都唔夠我哋當年瞓晒身炒窩輪咁激啦！你頂得到嘅，兄弟！」Arthur 試圖緩和怪異的氣氛。

「我哋……瞓身炒過窩輪咩……？」Kim 用十分疑惑的眼神望向 Arthur。

「哇！你唔係唔記得晒我哋嘅英雄事蹟吓嘛！你唔好嚇我喎～」

「你哋當年……係瞓身『炒輪』咩？我記憶中，你哋一直講嘅，係瞓身『炒牛熊證』喎？」Finna 同時回應一個詭異的眼神，投向 Arthur。

「吓……」

「我諗你兩個真係太攰啦～抖下啦！我同 Kim 從來都好少掂牛熊證，無理由你唔知喎 Finna ！我哋嘅英雄故事你聽過十萬次都有啦！哈哈！」Arthur 單手插著褲袋，完全不能接受連 Finna 都搞錯～

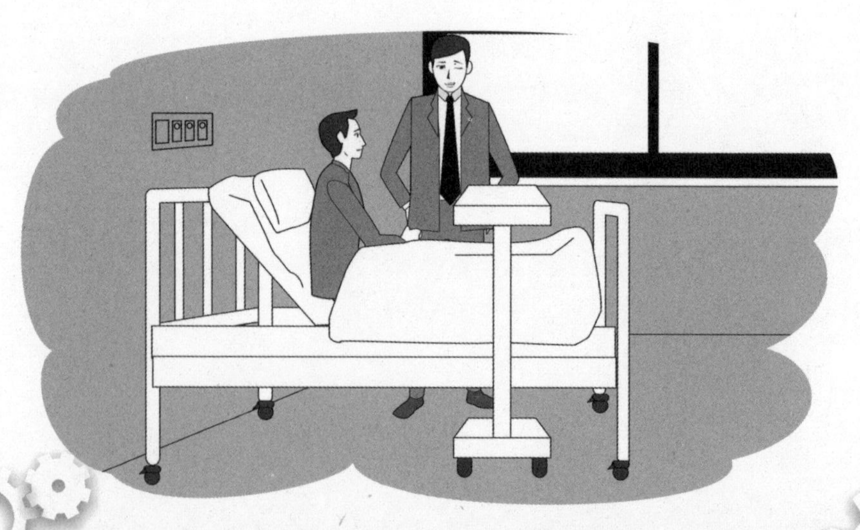

「兩者有咩分別呀？窩輪同牛熊證，都係衍生工具啫！」Stephy 的求知慾登場。

「分別就大啦！」Arthur 回應，不過沒說下去，「算啦！你兩個都係好好瞓一覺，我同 Stephy 走先，聽日再嚟探你哋啦！」

「抖吓吖，我哋聽日再嚟！ Bye bye ！」說罷，Arthur 和 Stephy 離開了病房。

病房內只餘下 Kim 和 Finna，兩人四目交投，似乎都感到不對勁，卻說不出是甚麼狀況。

「你有無發覺……近排大家嘅記憶好似變得好唔同……？」Kim 終於忍不住口問 Finna。

「我都有呢種感覺，唔知點解……」Finna 緊緊地交叉著雙手於胸前，她有點不寒而慄的驚慌感，就在這個時候……

「嘰、嘰、嘰……」此時，一把怪異的男性笑聲，突然從病房門外傳出！

「邊個！？」

黑影快步從房門外離去，Kim 趕急下床，打開半透明的房門一看，只見四周寂靜無人，巡房的護士剛好走過。

Kim 問道：「請問，剛才是否有人經過呢？」

「咩話？當然無啦！呢層係高級私家病房，訪客要登記指紋，記錄喺電腦系統入面，要掃指紋先可以進入自動門。剛才你兩位朋友離開之後，呢一層就無其他訪客啦……」

「……咁或者，係有其他病人經過啩，無事啦，唔該你。」說罷，Kim 打算轉身回房間。

「其他病人？先生，你都係早啲休息啦，呢位小姐都請你返隔籬嘅病房。呢層就只有兩間病房，邊會有其他病人呢？」說罷，穿著可愛粉紅色制服的女護士便離開了。

Finna 和 Kim 四目再次交投，不發一言。

病房內只聽到醫療儀器發出很微弱的「嗞、嗞」聲，空氣頓時變得更加冰冷……

窩輪、牛熊證與正股的分別

在回家路上，Arthur 和 Stephy 談起窩輪、牛熊跟正股的分別。

Arthur 說：「大多數人都知咩係股票，但就有唔少人搞唔清楚窩輪同牛熊證有咩唔同！」

Stephy 問：「究竟有咩分別？」

「跟正股嘅最大分別，在於窩輪同牛熊其實係期權嘅一種，係正股以外衍生出來嘅另一種投資工具。窩輪同牛熊證嘅價格，會跟隨正股價格升跌，而喺槓桿效應下，窩輪、牛熊證可以賺取嘅利潤，比起正股可以高出數倍，所以係一種以小博大嘅投資工具！」

1.4

翌日，Arthur 與 Stephy 前往醫院途中——

「咁早，都未到探病時間，點解我哋要一清早就嚟呀？好眼瞓囉～」Stephy 撅著嘴，顯得一臉倦容。

「琴晚我發咗個夢，係一個好奇怪嘅夢……」Arthur 不安地回應。

「哦？即係點吖？我唔知嘅？」

「你瞓到好似隻豬咁，又點會知呢！」

「你講咩話？再講多一次……！」Stephy 的殺氣開始增強。

「哎……哈哈，我無講嘢呀！」Arthur 不愧為情場殺手，一下子便緩和了不安氣氛。

「咁……即係點呀？」Stephy 認真地望向 Arthur。

「係一個好奇怪嘅夢……夢裡面，我同 Kim 好似去返啱啱出嚟做嘢嗰陣，我同佢喺股場上曾經戰無不勝，買咩升咩！我哋一齊研究股票，然後決定用最少嘅本錢去買窩輪，一下子賺咗多正股幾倍嘅錢！最後，當我哋興高采烈之際，Kim 突然轉身同我講：『今次可能係我哋兩兄弟最後一次合作……』，講完呢句之後，Kim 就消失咗！」Arthur 邊行邊說。

「你同 Kim 真係好有『hehe』嘅味道……講返轉頭，呢個夢好似唔太吉祥，你知嘛，我研究過人類夢境嘅現象，有人話其實所謂『夢』，係預知未來或時空交錯嘅一種……又或者係另一個時空所經歷過，或即將會經歷嘅事……」Stephy 右手托腮，好像煞有介事地說。

「你強烈嘅求知慾，果然令你充滿唔同嘅知識呀吓！哈哈～」Arthur 故意裝作若無其事。

「咩意思呀～哼！我哋快啲趕去醫院啦！」

與正股不同的賺蝕幅度

不管是夢境還是現實，有一點可以肯定，就是在投入相同資本的運作下，由窩輪和牛熊證所賺到的利潤，一定會比正股為高！

當然，假如不幸看錯市，蝕的幅度，也是相對地多！

以「大熱股王」騰訊（0700）的正股和相關窩輪或牛熊證作例子，由於股王的價格實在太高了，如果用有限的本金去買貨，以股價 $350 計算，入一手正股，大約 $35,000 本錢，就算股價升 $10，利潤卻只有 $1,000（100 股 x $10=$1,000）；但同樣地，以 $35,000 買一隻相關的窩輪或牛熊證，賺得的幅度，便可能是正股所得的幾倍。

懷著沉重的腳步，Arthur 和 Stephy 一大清早便到達醫院。因為一個「夢」，令 Arthur 整個清晨都悶悶不樂，女友 Stephy 就一直尾隨著 Arthur 的步伐……

「對唔住，先生！探病時間仲未到，請你哋返去先好嗎？病人要休息呢。」身穿粉紅色制服的護士小姐，總是令人眼前一亮！

「姑娘，可唔可以通融一下呀，我急需見我朋友一面！」Arthur 露出一個招牌陽光笑容，骨子裡的浪子性格盡出。

「呀，你咁樣我會好難做㗎～先生，雖然呢度係私家病房，但你哋咁早七點半就要入去探病人，太早喇～你兩位朋友只係一般性休克，都唔使咁擔心啩！」原來護士美麗的外表，只是包著的糖衣。

「話係唔可以咁講呀！你咁仲配做白衣天使咩！點解同我平時睇片所認知嘅護士咁大出入㗎！天呀～～」Arthur 看來已忘記了身後 Stephy 的存在。

「平時……睇片？」粉紅色制服的「真・護士」報上一個鄙視的眼神。

「護士……？」Stephy 的殺氣提升至極點。「姑娘，唔好意思！我老闆一時著急～因為公司有一份好重要嘅文件，需要裡面嘅病人簽名作實，所以先一時情急亂說話，實在好抱歉，好對唔住！唔該你行個方便，畀我同老闆入去好嗎？拜託！」Stephy 雙手合十，好一個懂得顧全大局的女人。

「唉，咁咋下嘛，你一早講咪得囉，搞到話好似要見最後一面咁做咩啫～！等一陣啦，呢度係高級病房嚟㗎，唔係你話入去就入去，我要得到病人同意先得㗎！」姑娘氣沖沖，轉身而去。

「呵！勞煩晒你啦！仲唔快啲多謝姑娘！」說罷，Stephy 左手用力把 Arthur 的頭押下。

「哈，唔該晒呀姑娘，你真喺好人嚟！」

「你哋喺入口等一陣啦！」姑娘的聲音愈來愈遠。

「哎……勁喎！咁都畀你講得佢掂！」Arthur 終於從幻想世界返回現實。

「你平時睇開咩片呀？有護士做主角㗎咩！！吓？！！」100 億能量爆發的 Stephy。

「哈哈～日劇嚟嘅，《救急病棟 72 小時》嘛～哇哈哈！你以為係咩？」Arthur 的腦袋轉數何其快。

「哼～」

「哇！！！」高級病房通道的盡頭，突然傳來了姑娘的叫聲，正是由 Kim 的房間內傳出。

「發生咩事！？」二人立即跑往 Kim 和 Finna 的房間。

「兩位病人都……唔見咗！」

Arthur 和 Stephy 跑到 Kim 的房間，眼前只見內裡異常凌亂，醫療設備等雜物散落滿地……但大家一眼便察覺到，有一張發黃的舊報紙，正正在房間的中央，顯得特別搶眼，恍惚是要刻意給 Arthur 看到一般。

Arthur 拾起了報紙一看，是一份 XX 日報，並且是年代已久的財經版 C1 頭條。細看下，Arthur 隨即冷汗直飆……

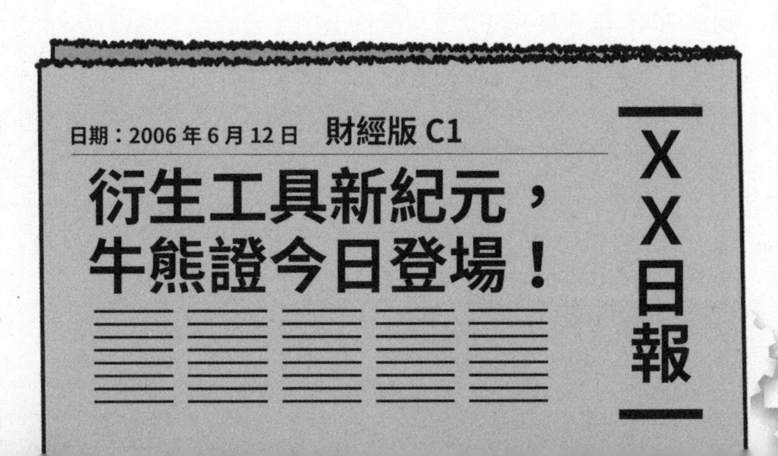
日期：2006 年 6 月 12 日 財經版 C1

衍生工具新紀元，
牛熊證今日登場！

XX日報

窩輪和牛熊證的登場

隨著投資者的知識水平提升，接觸到有別於正股的投資產品愈來愈多，窩輪和牛熊證現今佔整體大市成交有著舉足輕重的地位。

最早推出的一隻窩輪，可追溯至 1988 年 2 月。三十年來，投資市場不斷變化。時至今天，窩輪交易可謂已經發展得完全成熟，投資者要掌握一隻窩輪的發行資訊十分容易，透明度大大提高，有關每一隻窩輪的條款細則，發行商均會清楚列出，所以窩輪已成為投資者用作槓桿投資，或專業投資者用作對沖的投資工具之一。

到了 2006 年 6 月，港交所首度推出牛熊證於市場供投資者參與買賣。回看於港交所推出牛熊證初期，可供應給市場買賣的牛熊證只有七隻，而發展至今日，牛熊證市場已幾近與窩輪市場看齊，可供買賣的牛熊證相關產品種類繁多，已成為了香港衍生工具市場主要的產品之一了。

Kim 和 Finna 不知所終，醫院方面初步推斷，病人或有機會在夜間自行出走，而未有通知院方。由於 Kim 和 Finna 不屬於嚴重病患者，所以自行離開醫院也不足為奇。同時，醫院方面以「失蹤未夠 48 小時」為由，阻止 Arthur 和 Stephy 報警！當然，醫院的做法是為免事件搞大而影響名聲，也避免引起公眾不必要的恐慌罷了……

Arthur 和 Stephy 感到非常無奈，只好暫時返回家中；對於 Kim 和 Finna 突然失蹤，感到百思不得其解。Stephy 一直狂打 Finna 的手機，卻只轉駁至留言信箱。

「喂？ Finna，你收到 message 就即刻聯絡我哋好嗎？好擔心你哋呀！」Stephy 透過電話留言。

「無用㗎……我同 Kim 中學識到依家，佢從來做事都好有分寸同部署，絕對唔會突然玩失蹤；而且 Finna 又同時失蹤，根本無可能……」Arthur 坐在沙發苦惱著。

「你個夢……」Stephy 突然靈機一觸，腦海閃出了 Arthur 早上說的一番話。

「做咩？」

「你今朝咪同我講過，琴晚發咗個好奇怪嘅夢，好邪呀……」

「唔……」Arthur 眉頭深鎖，「點解病房入面，會有一張咁舊嘅報紙呢？你唔覺得奇怪咩？」Arthur 把從醫院帶回來的發黃報紙，遞給 Stephy 看。

「我問過姑娘，佢話可能係病人自己帶去嘅，因為醫院方面一般會供應最新嘅雜誌同即日報章，無可能會供應一份 2006 年嘅舊報紙……」Stephy 伸手接過那份舊報紙。

「絕對唔係巧合！ Kim 可能發現咗一啲事，咁啱係財經版，又咁啱係當年牛熊證推出嘅首日報道……」Arthur 示意 Stephy 看一下報紙內容。

「我突然諗起，Kim 入院嗰晚，你哋曾為當年係瞓身入牛熊證，定係入窩輪，各執一詞，似乎係有關連？」Stephy 想起這個。

「唔……我正想講呢點……」Arthur 從沙發彈起。

Arthur 打開私人電腦，開啟了一個叫「Road_to_Success」的 folder，內容有一個 bookmark 檔，原來是當年 Kim 和 Arthur 初接觸窩輪時，一邊 bookmark 有用的網頁，一邊利用 Excel 去 jot notes 的檔案；Arthur 的電腦和 Kim 的電腦各有一份，這是標記著兩兄弟過去曾經一起奮鬥的經歷。

Kim 曾經向 Arthur 說：「Arthur ！呢個檔案對我哋好重要，大

家都要保存落嚟，留畀下一代，等佢哋知道我們嘅成功故事！」

「唔……呢種運用 Excel 去記錄、bookmark 資料嘅做法，真係好 old school 囉……」Stephy 站在 Arthur 身後，看著這個歷史檔。

「當年係 2006 年，係一個平板電腦只能夠用嚟睇電子書嘅年代，Steve Jobs 都未出 iPhone 呢～」

「咁呢個記錄檔，究竟有咩咁特別呢？」

「你諗吓，Kim 同 Finna 嘅記憶入面，我哋兩兄弟當年係以牛熊證賺第一桶金，但其實我哋嘅第一桶金，一直都係以窩輪去賺，我好肯定！而呢個檔案，正好集合晒幾間主要發行商嘅網址，你睇吓，我哋會將每個買賣作記錄，而且一直都係以窩輪為主嘅買賣。更何況，牛熊證係 2006 年推出嘅產品，第一年只有七隻牛熊證發行，我同 Kim 又點會瞓身去投入一啲全新而又未有認知嘅產品呢？ It doesn't make sense……」Arthur 打開檔案，一排排完整的數據呈現眼前。

「等我睇吓……」Stephy 一邊拿著發黃的舊報，一邊在電腦前搜尋著甚麼的……

發行商的網站資料

打開檔案夾，除了看到當年 Kim 和 Arthur 的買賣記錄外，還看到了檔案尾部的重點關注，寫上：「窩輪發行商網站」——

高盛：http://www.gswarrants.com.hk/cgi/home.cgi
港交所主頁（衍生工具資訊）：http://www.hkex.com.hk/chi/prod/drprod/DMProducts_c.htm
法巴：http://www.bnppwarrant.com/tc/index
法興：http://hk.warrants.com/home/ch/home_c.cgi
瑞信：http://warrants-hk.credit-suisse.com/cbbc_tutorial_1r_c.html
瑞銀：http://warrants.ubs.com/

從以上網站，可以找到很多有用資料，現時已同時包括有牛熊證資訊在內，十分豐富，必要細讀！

1.7

過了半天，院方見一直未有病人的消息，開始著急起來，多次致電給 Arthur 了解事件，令 Arthur 煩上加煩！

Stephy 則仍舊坐在電腦前，自從她細看過 Arthur 和 Kim 的共同存檔後，便一直默不作聲，偶爾聽見她喃喃自語，又望著手中那份發黃的報紙作比對……

「你哋醫院有責任感嗎？我嘅朋友喺你間醫院失蹤咗啊！而你仲好意思反問我朋友去咗邊？你哋有無病呀？……咩話？應該係病人自行出走？傻的嗎？晚上無護士當值咩？你哋睇返閉路電視，有見到佢哋出過去咩！荒謬！」

「煩死啦！仲自稱做高級醫院……根本就想推卸責任！」Arthur 怒氣沖沖掛上電話後，轉向 Stephy 說：「你搞緊咩呢？你已經呆坐電腦前兩粒鐘喇……」Arthur 帶著抱怨說。

「……」只見 Stephy 絲毫沒有半點反應，動也不動。

「喂，你睇緊咩咁入神啫？」Arthur 走到電腦前，Stephy 正在全神貫注於一個視頻上。

「Natalie ？咩人嚟㗎？」Arthur 好奇一問。

「佢係香港網絡上，專門討論無法解釋嘅怪異現象、時空扭曲等學術，係近期最紅嘅 KOL ～叫 Natalie ～！呢個『曼效群組』就係佢一手創立，單係 Facebook 嘅 followers 已經超過二十萬人，可以話係香港對『曼效』最有研究嘅人……」Stephy 邊看視頻邊向 Arthur 解釋，視線一直沒有離開屏幕。

「咩話？曼效？同曼聯有關㗎？喂～你幫手諗下 Kim 同 Finna 去咗邊好過啦，睇呢個 KOL 做咩！」Arthur 明顯怒氣仍在，這或多或少可以理解到 Arthur 對 Kim 和 Finna 的友情有多深。

「我唔敢太肯定……但經過我初步觀察……你同 Kim，仲有 Finna，都好可能出現咗『曼德拉效應』……」Stephy 的目光變得銳利，她心目中已幾近肯定。

「咩話？『曼加拉』效應？……」

任何一隻股票都有相關衍生工具供買賣嗎？

這倒也不是，說到底，窩輪和牛熊證產品的發行，乃經由個別發行商所推出，以往可供買賣的窩輪或牛熊證種類選擇並不多，而隨著香港股票市場發展愈趨成熟，股民的知識愈來愈豐富，發行商便推出更多窩輪和牛熊證產品，相關資產除了大型的藍籌股外，還有指數類別，甚至是黃金 / ETF / 日圓等。

一些二線而交投較活躍的股份，發行商會看當時形勢而推出相關衍生工具。有一點大家要注意，由於二線股票的正股價格，本身的波幅已比較大，其穩定性較藍籌股為低，所以具有槓桿效應的窩輪和牛熊證，風險會大大提高！

以下是可供買賣之相關資產（只作參考）：

1. 指數類別：

恒生指數、國企指數

2. 藍籌 / 大型股：

長和（0001）、中電（0002）、中華煤氣（0003）、九倉（0004）、滙控（0005）、電能（0006）、電盈（0008）、恒生（0011）、恒基（0012）、新地（0016）、新世界（0017）、東亞（0023）、銀娛（0027）、港鐵（0066）、恒隆（0101）、光大（0165）、中信（0267）、萬洲（0288）、國泰（0293）、中石化（0386）、交易所（0388）、利豐（0494）、ASM（0522）、復星（0656）、騰訊（0700）、中電信（0728）、中聯通（0762）、中興（0763）、領展（0823）、中石油（0857）、澳博（0880）、中海油（0883）、海螺（0914）、建行（0939）、中移動（0941）、中國太平（0966）、長江（1038）、恒安（01044）、長實（1113）、永利（1128）、比亞迪（1211）、農行（1288）、友邦（1299）、工商（1398）、中國中車（1766）、金沙（1928）、瑞聲（2018）、安踏（2020）、平安（2318）、蒙牛（2319）、中國財險（2328）、舜宇（2382）、中銀香港（2388）、中鋁（2600）、中太保（2601）、中人壽（2628）、盈富（2800）、南方 A50（2822）、安碩 A50（2823）、恒生 H 股（2828）、SPDE 金 ETF（2840）

實戰操作

3. 二線股類：

保利（0119）、越秀（0123）、昆侖（0135）、建滔（0148）、中國旺旺（0151）、深圳國際 （0152）、吉利（0175）、新濠（0200）、光大國際（0257）、金蝶（0268）、粵海（0270）、比亞迪（0285）、中旅（0308）、康師傅（0322）、思捷（0330）、上石化（0338）、鞍鋼（0347）、中鐵（0390）、四環（0460）、東風（0489）、廣深（0525）、京能（0579）、中外運（0598）、中糧（0606）中軟（0354）、江銅（0358）、上實（0363）、北控水務（0371）、中國燃氣（0384）、中國高速（0658）、創科（0669）、東航（0670）、中海外（0688）、首都機場（0694）、中國民航（0696）、神洲（0699）、五龍（0729）、創維（0751）、國航（0753）、IGG（0799）、世茂（0813）、華電（0816）、天能（0819）、華潤（0836）、神洲（0861）康哲（0867）、信義（0868）、白雲山（0874）、華能國電（0902）、龍源（0916）、華能新能源（0958）、龍湖（0960）、信義（0968）、中芯（0981）、聯想（0992）、中信（0998）、南航（1055）、阿里（1060）、港華（1083）、神華（1088）、石藥（1093）、國藥（1099）、華潤（1109）、華晨（1114）、中遠海能（1138）、中聯（1157）、海爾（1169）、兗洲煤（1171）、中國生物製藥（1177）、中國鐵建（1186）、港潤燃氣（1193）、中遠海運（1199）、華潤水泥（1313）、耐世特（1316）、新華保險（1336）、中人保（1339）、美圖（1357）、中國信達（1359）、中國宏橋（1378）、中再保（1508）、凰鳳醫療（1515）、中國中冶（1618）、郵儲銀行（1658）、華南城（1668）、廣發（1776）、國泰君安（1788）、中交建（1800）、中廣核（1816）、招金（1818）、中煤（1898）、新秀麗（1910）、融創（1918）、中遠海控（1919）、周大福（1929）、北汽（1958）、太古地產（1972）、民生銀行（1988）、碧桂園（2007）、金隅（2009）、富智康（2038）、卓爾（2098）、萬科（2202）、金風（2208）、廣汽（2238）、美高梅（2282）、李寧（2331）、長汽（2333）、濰柴（2338）、中科工（2357）、中國電力（2380）、上海醫藥（2607）、新奧（2688）、玖紙（2689）、上電（2727）、富力地產（2777）、中國華融（2799）

「曼德拉效應」的來源

曼德拉（Mandela）是已故的前南非總統。

在當今大部分人的印象中，曼德拉是於 2013 年因病去世。但不知何故，有一部人的記憶，卻認為曼德拉早於 80 年代便已死於監獄中，並言之鑿鑿地指出，當年就連新聞也有相關的直播報道。

有人認為，這或可能只是一小撮人的記憶錯誤；但隨著全球愈來愈多人指出，他們都擁有曼德拉早於 80 年代已死亡的相同記憶，對於這件事在認知上的分別，有人開始認為並非是單純出於偶然。

而這個現象，今天被稱為「曼德拉效應」（Mandela Effect）……

小結

- 時空到達 2020 年，Kim 和 Finna 經過「那一役」後的數年，創立了「盛天金融」，並準備於本年度在創業板上市，本來一切準備就緒，一次與好友 Arthur 的聚會上，卻突然眼前一黑暈倒……無獨有偶，Finna 亦在同一時間暈倒在茶餐廳的洗手間內。
- 本來寂靜的醫院，突然出現了詭異的怪聲，私家病房外卻空無一人，然後 Kim 和 Finna 失蹤了？
- Kim 和 Arthur 的記憶，看來出現了無法解釋的分歧，明明是共同的經歷和記憶，為甚麼會出現如此嚴重的分別！？
- 一份已發黃的報紙，突然出現在 Kim 的病房中央，報紙的日期是 2006 年 6 月 12 日，港交所推出牛熊證的首日，究竟這與 Kim 和 Finna 的失蹤，有甚麼關連？
- Stephy 口中的「曼德拉效應」又是甚麼？

第2章

「窩輪牛熊」基礎玩法

2.1

「曼德拉效應⋯⋯？」

「簡單嚟講，就係一個集體性嘅記憶錯誤，而且影響性唔只係一小部分嘅人，而係大規模嘅發生，過往有好多例子提到呢個現象。近日，網上紅人 Natalie 嘅 fan page，正正就係討論緊『曼德拉效應』而分立咗兩批人，鬥得非常激烈！」Stephy 苦思著解釋。

「天呀！我仲係搞唔清楚係咩嚟，咁同 Kim、Finna 嘅失蹤，有無直接關聯先？」Arthur 比平時顯得心急。

「呼～～ Alright ！我問你，你知唔知邊個係曼德拉？」

「唔知～我剩係知曼加拉。」Arthur 的回答倒是爽快。

「OK ～我開張相比你睇～」說罷，Stephy 立即上網，在搜尋器打上 Mandela，而搜尋出來的結果和圖片，很快便出現在瀏覽器上。

「哦！我認得佢啦！曼德拉！死咗差唔多十年㗎啦～即係點？」Arthur 以手指著屏幕，興奮地回應。

「無錯，喺你嘅記憶入面，佢係死咗接近十年（時空背景為2020年，距離2013年的七年後）；但有唔少人就記得，其實佢早於80年代尾就死咗喺監獄啦……」Stephy的回應，令Arthur感到非常疑惑。

「唔係吓嘛，我好肯定無記錯！記得嗰陣，我仲喺將軍澳買咗間屋，簽完張臨約後，仲約咗Kim去附近茶記食飯，茶記部電視一直播住佢嘅死訊！嗰層樓我記得要畀辣招嘅！畀得辣招，就一定係呢十年內嘅事啦！」無錯，唔好忘記，Arthur本身一直有投資物業，「所以班人肯定係記錯！邊個記錯得咁離譜呀！？」

「唔係邊個，而係實際上全球有唔少人，可能係過千、過萬嘅人，甚至有更多人都記得，佢係80年代喺獄中死去嘅。」Stephy認真地回應。

「咁離奇！？咁又點，呢樣嘢同Kim、Finna嘅失蹤無關係㗎喎？」Arthur根本無認真去細想。

「你忘記咗啦？嗰日你同Kim喺窩輪同牛熊證上嘅記憶，就係一個明顯嘅曼德拉效應啦！」說罷，Stephy以凌厲的眼神，瞄了Arthur一眼。

「哦……？」一言驚醒的Arthur，終於覺得有問題。

「我問你～『牛』同『熊』，代表咩？」

「牛證代表『睇升』，熊證代表『睇跌』～」這個對於身為投資總監的 Arthur 來說，可謂一個沒有難度的問題。

「好明確吖～但如果有唔少人同你講，喺佢哋嘅認知上面，熊一直以來代表『升』，牛係代表『跌』，咁又點？」Stephy 再報上一個凌厲的眼神。

「無可能，咁金融市場就大亂啦～」Arthur 看來想通一點事情了。

「就喺咁～～」

甚麼是牛熊證？

牛熊證中的「牛」，是代表看「升」；「熊」則是代表睇「跌」，這一點我們絕對不要搞錯。

想在股市中賺錢， 除買正股外，我們也可以選擇「衍生工具」。所謂「衍生工具」，簡單來說，是一種可以反映相關資產或指數的金融合約，並以槓桿形式把相關資產的利潤升幅倍增，而牛熊證便是其中之一。

牛熊證市場已發展得愈來愈成熟，常見的相關資產如正股股票、各市場指數（包括恒生指數或其他國家指數在內）、商品價值（如黃金、期銅價格等），由於沒有窩輪所限制的條件（如引伸波幅），所以投資者認為牛熊證較窩輪公平，因此近年散戶開始熱炒牛熊證。

2.2

Stephy 提出的「曼效」觸動了 Arthur 的情緒。的而且確，假如在一部分人的認知上，窩輪的「認購」變成「睇跌」，「認沽」當作「睇升」，整個香港金融市場，肯定會引起超級恐慌而大亂！

Kim 和 Finna 失蹤後的第一個下午，Stephy 認為他們的失蹤很有可能和曼效扯上關係，於是她決定去找網上爆紅的 KOL Natalie 請教一下。還好當今的 KOL 很多都會在其 FB 專頁寫上電郵地址和聯絡電話，以方便接洽工作，所以要找到 Natalie，可謂一點難度也沒有～

Arthur 起初不以為然，曼效對他來說很陌生，但經 Stephy 分析後，他認為也有可能是找到 Kim 的一個線索，於是他決定花半日時間，在互聯網上好好研究這個現象……

關於認購和認沽

在窩輪層面上，「認購」是預期相關資產將會「上升」，至於「認沽」則預期相關資產價格會「下跌」。大家搜尋窩輪的認購證和認沽證時，不難發覺發行商提供的認購證選擇，一定比認沽證多，為甚麼會這樣呢？

由於散戶的心態一般會博反彈，大多數人都會預計某一隻股或指數當跌至一個位置時便去博反彈，發行商就是看中了這種散戶心態，於是提供更多的認購證選擇。

作為投資者，我們千萬不要被發行商牽著鼻子走！博反彈，倒不如順勢而行，風險反而可控。

既然升市可以考慮買入認購證或牛證，那麼股市吹淡風時，有甚麼工具也可以令我們賺大錢呢？

事實上，認沽證和熊證的出現，令一眾獨具慧眼的股市狙擊手樂而不疲。因為在跌市中，相關資產（正股或指數）價格向下，認沽證的價格便會上升，利用跌市而賺錢，便可抵銷正股下跌的損失。而股市從來並沒有無止境的上升或下跌，所謂 「花無百日紅」，升浪總有盡時，當某股票價格不合理地持續上升，或股市利好消息盡出，聰明的投資者往往便作出認沽證或熊證的部署。

當然，以認沽證和熊證作對沖的技術要求甚高，掌握入市的時間是相當重要的一環！（這會在本書後半部作詳細講解。）

Arthur 打開個人電腦，搜尋了「曼德拉效應」這個新名詞，一堆堆的文字檔和例子隨即顯示出來……隨後，Arthur 打算縮窄認知的範圍，便集中研究在香港出現的曼德拉事件：

曼德拉事件——香港篇：

1.「蔡楓華」一剎那光輝事件

當年紅極一時的歌手「蔡楓華」，不甘被後來居上的「張國榮」風頭所蓋過，在 1985 年的《十大勁歌金曲》頒獎禮上，酸溜溜的當著電視機和現場觀眾前，講下一句改變了他一生的說話：

「一剎那嘅光輝，並唔代表永恆。」

這一句話，不單令蔡楓華的事業急轉直下，更影響他整個人生，從此他變得一蹶不振。若干年後，蔡楓華在他的復出演唱會上，重提到這件事件時，他本人也重申當年自己提及「一剎那……」

「係吖，我有印象呀～雖然嗰陣好細個，但呢句嘢一直係經典中嘅經典～」Arthur 對著電腦前自言自語。

有人說，這是一個明顯的曼效，為甚麼呢？今天，你可從

Youtube 或過往的錄像重播中，發現蔡楓華當著電視機前拋下的名句，並不是「一剎那」的光輝，而是「一時嘅」光輝……

那麼，為甚麼人們一直以來，甚至是多年後在他本人的訪問中，都提及「一剎那」的光輝？連當年的報章，都是以「一剎那」作為報道。

「吓！哇塞！咁神奇？？惡搞咋下嘛，窩輪有時都會打錯個名（號碼），變咗第二隻啦～」說罷，Arthur 隨即在 Youtube 上，把該條片段重看了一次……

揚聲器準確地傳出：「一時嘅光輝，並唔代表永恆……」

拆解窩輪的名字

每一隻窩輪，無論是認購證或認沽證，名字都十分冗長，它是由一排英文和數字所組成，這一串長長的名稱本身都有其意義，只是大多數人沒有去了解罷了。

每隻窩輪的名字，都由五個項目所組成。

以 CC-NNNN@EC1803 為例子：

1. CC——發行商。
2. NNNN——相關資產：NNNN 公司。
3. @——到期日後，以現金結算 。
4. E—— 歐式認股證，只可在到期日行使〔如果是 X——則代表非標準認股證〕；C—— 代表認購證（Call）〔如果是 P －則代表認沽證（Put）〕。
5. 1803——代表 2018 年 3 月到期。

另外，某些認股證的尾部有個英文字母，如A、B、C、D、E等，這代表同一個發行商，推出了多於一隻相同資產、相同年份與月份到期的認股證，發行商避免投資者混淆，便加上一個英文字母，以茲識別。

2.4

Stephy 火速找上了 Natalie，並相約在銅鑼灣「時代廣場」的 Starbucks 見面。

「你朋友嘅失蹤，可能同曼效有關？你應該唔會係咩反曼效人士，要向我宣戰吧？」Natalie 看上去是一個二十多歲的女生，戴著啡色的冷帽、身穿色彩繽粉的民族裙、手指上帶著不少鐵器手飾，散發著一股活潑氣息，又有點神秘的味道。

「唔係呀！唔好誤會我喔，𠵱啲都係鍵盤戰士，點會夠膽約你出嚟呢？」Stephy 點上了一杯榛子咖啡。

「咁……你應該唔會係記者啩？」Natalie 報上一個懷疑的眼神，口裡啜著她的 Latte。

「吓～記者？」Stephy 心想：你才不是甚麼名人吧！

「哈哈，請唔好見怪，近日我篇曼效帖直迫埋身！一出街就爆晒 seed，呢排記者成日打嚟問我睇法，所以有啲敏感呢。」Natalie 顯得沾沾自喜。

「原來係咁，果然係網絡大紅人呀！」Stephy 順勢多讚她一下。

「唔係啦！唔係啦！呵呵～」看來任何一位女生都是喜愛被讚的……

「我今次聯絡得你咁急，係真心想問問你關於曼德拉效應嘅事……」Stephy 欲把氣氛轉移至嚴肅的話題上，這亦是她今次來的目的。

「唔……我知道吖……」Natalie 一邊飲著咖啡，雙眼閉合，像是一切已在她掌握之中。

「哦？」Stephy 一臉奇怪。

「呵！無咩呀～你詳細講嚟聽下～」Natalie 又轉為好奇的口吻。

「我有兩位朋友失蹤咗，我直覺認為佢哋嘅失蹤同曼效有關！我知道你對曼效好有研究，所以想搵你幫手，希望你會幫忙。」Stephy 認真地說出 Kim 和 Finna 失蹤的來龍去脈。

「原來係咁！好呀～幫人係應該嘅！但你了解嘅曼效太過表面啦～」Natalie 一口答應會幫她。

「哦？」

「你以為曼德拉效應，就只係思緒混亂嘅問題？咁未免太簡單啦～」Natalie 把最後一口 Latte 倒入口中，「世界上有啲嘢，即使消失咗，仍然會保留住一定嘅存在價值～相反，有某啲嘢，消失咗就再無存在嘅意義可言～就好似金融市場上，牛熊證嘅 R同N原理咁～」Natalie 突然把話題轉到金融上。

「你……點會無端端講到金融嘅？你究竟係邊個！」Stephy 覺得眼前的 Natalie 太古怪了。

「今日到此為止。到你明白某些事情後，你就會再見到我㗎啦。至於R同N係咩，你大可以返去問你嘅男朋友！再見啦！」Natalie 說罷，就離開了座位。

「喂！」Stephy 實在不得其解。

「嘰、嘰、嘰……」

Stephy 一直沒有在意，就在她們座位的 11 點鐘方向，有一位

神秘少年，一直聽著她們的對話，而此時他發出了怪異的聲音……

Natalie 在咖啡店的門口，特意轉身向 Stephy 回望了一眼，只見她嘴角稍微上翹，露出了怪異的微笑。

Stephy 倒也十分冷靜，至少她現在可以好肯定，Kim 和 Finna 的失蹤，和曼效的確扯上了關係，而 Natalie 這人物，相信是一個重要的線索。

牛熊證名稱的分析

上文提到，窩輪的名字有得解，那牛熊證當然也不例外！

一隻牛熊證的名字，由七個主要部分組成，單從其名字，投資者便可得到不少有關該隻牛熊證的有用資料。

以恒指牛證 64888 為例，中文名是「64888 恒指瑞信零二牛 A」，英文名稱則為「UB#HSI RC1822A」，當中，從英文名稱，可細分以下七個主要部分：

1. UB，是發行商——「瑞信」的簡稱。每間認可發行牛熊證的發行商簡稱都不同，如 SG 代表「法興」，HS 代表「滙豐」等等。
2. 「#」號——有 # 號的產品一定是牛熊證，沒有 # 號的產品就是認股證（窩輪）。
3. 中間的英文字 「HSI」——是相關資產的名稱，這裡「HSI 」是「恒生指數」；那麼，很多投資者都喜愛的「股王騰訊」是甚麼呢？答案便是 TENCTRC 了。

4. 接下來的英文字母定義「R」——解作此牛證產品設有剩餘價值（如果是「N」，則代表產品不設剩餘價值）。
5. 「C」——代表是牛證（「P」則代表是熊證）。
6. 「1822」——這連串數字是指到期年份和月份，1822 就是指這隻牛熊證產品的到期日是 2018 年 2 月份。
7. 尾數「A、B、C」之類——是指發行商在同一時間內，所發行相關相同的資產牛熊證產品，ABC則代表次數，如此類推。

牛熊證產品大多以 6 字頭作區別，「64888 恒指瑞信零二牛 A」，「64888」是牛熊證的號碼，查詢股價，買入或賣出便以此號碼去作行動。

2.5

「點解出面咁靜嘅？」

「係啦，都過咗巡房時間，一個人都無，撳鐘又無人應～」

「你有無發覺，感覺好奇怪，空間異常寧靜，連機器發出嘅聲音都聽唔到，係咪我耳鳴？」

「應該唔係，我都覺得好怪～特別係琴晚嗰個黑影之後……」

「哎……頭又開始痛啦……哎！好痛！」

「你無事嘛，Kim ！」只見 Kim 按著頭部，顯得頭痛不已。

「嘰……嘰……嘰……」房外隱若看到站著一位謎之少年。

「你究竟係邊個！發生咩事！？」Kim 從床上跌下來，準備往房門追！

「Kim ！」Finna 大喊！並不是因為 Kim 從床上跌下，而是她看到 Kim 和謎之少年之間，出現了一道裂縫……實在令她難以置信！

「呀！我被吸入去啦！！」Kim 的身軀好像被吸進裂縫的中央，然後慢慢消失。

「Kim ！！！」

「嘩！快啲拉住我隻手呀！ Finna ！」

「呀呀呀！」

……一切回復平靜，房間內空無一人，物品四散地上，一張發黃的報紙，在房間的中央緩緩飄落……

話說 Kim 和 Finna 的關係，感覺上就好像正股和窩輪般，兩者缺一不可……多年前「那一役」過後，Kim 發覺自己涉及任何投資也好，好像都不可以缺少 Finna ！很奇怪，Finna 一旦去旅行或不在香港，Kim 的投資便會諸多阻滯，買咩輸咩……

當然，對於「股神」Kim 來說，投資一向是他的拿手好戲，他絕不會把投資和迷信扯上任何關係！

但無奈，事實的確如此……

正股、窩輪和牛熊證的關係

事實上，無論是認股證或牛熊證，其價格都必然會和正股，或相關資產的價值掛勾。在股票市場上，可供投資者進行買賣的投資產品其實很多，正股和債券買賣是穩定投資的一種，除此以外，期權、期指、窩輪和牛熊證便屬於較高風險的一類。

窩輪和牛熊證的價格上落，和正股關係密切；在槓桿效應下，假設一隻提供十倍槓桿的認購證或牛證，投資者理論上只需用上本金十分一的價錢，便可擁有和正股相若的回報。

假如投放和一手正股相若的價錢，便有十倍正股的利潤，可以想像，在窩輪和牛熊證的投資上，所需本金可以大大減少，絕對適合一些本金不足或以「刀仔鋸大樹」形式去作買賣的朋友。

Stephy 在 Starbucks 和 Natalie 分別後，帶著一臉茫然回到家中，只見 Arthur 再次接到醫院的來電，並拿著手機破口大罵！

「我都聯絡唔到佢哋，如果有咩事，我一定會告你哋院方疏忽！」Arthur 不愧為「鬼 R」，「你賠幾多都無用～我哋又唔係無錢～係咁啦！」然後就把電話狠狠地扔在沙發上。

「又係醫院嗰邊打嚟呀？」Stephy 剛回來，把手袋放在沙發上。

「係呀……總之佢哋立場就係唔想搞大件事，怕影響醫院名聲。我叫佢哋睇返閉路電視，佢哋就話係病人私隱，簡直荒謬！」「鬼 R」的怒火，仍未能平熄，「呀！係呢～你搵到 Natalie ？」

「嗯，頭先去 Starbucks 飲咗杯嘢～我發覺呢個 Natalie 好神秘，好似知道我哋嘅事咁～」Stephy 坐在沙發上，顯得有點疲累。

「例如？」

「例如，我同佢傾緊曼德拉事件時，佢無端端講到經濟金融，仲叫我返嚟問你，牛熊嘅 N 同 R 有咩分別。」Stephy 說。

「牛熊嘅 N 同 R？講緊個名上面 N 同 R 嘅分別？」Arthur 單手插著褲袋，對有人問這個問題，感到十分奇怪。

「咪係～你話怪唔怪！？而且最怪係，佢點知你識牛熊證呢？我都無同佢提過你嘅背景～」Stephy 閉目，真的有點累了。

「實質上，牛熊嘅 N 同 R 又係咩嚟？」Stephy 突然張開眼睛，向 Arthur 問。

「牛熊嘅『R』，解讀為呢隻牛證產品設有剩餘價值；『N』則指呢隻產品唔設有剩餘價值。但……照計呢個同曼效無關連嘛？更加唔好講跟 Kim 同 Finna 嘅失蹤有關係啦！」Arthur 苦思著。

「既然 Natalie 提到牛熊證，而 Kim 又係股神，當中一定有關係！近排牛熊證市場嘅情況係點㗎？」Stephy 是一個每樣事情都非要查證答案不可的女子。

「好瘋狂！」

「股市近期再破頂，恒指繼 2018 年創下高位 35,000 點之後，今年又明顯再進入一次難得嘅大牛市，出面傳得好行，今年內必見 40,000 點，甚至係 50,000 點！全人類都買牛證～街貨量創到高位～」Arthur 認真地拿出了 iPad，顯示牛證市場的街貨量，佔大市多少 %。

「難怪 Kim 今年搞上市啦～街貨量高同低，又有咩唔同呢？」Stephy 追問。

「每一隻牛熊證同窩輪嘅街貨量高低，可以影響證價。Btw，你出去嗰陣，我研究咗好耐曼德拉效應……」Arthur 步回電腦位置。

「嗯，除咗思緒混亂呢個 point，你點睇？」Stephy 故意一問。

「我認為有可能係……平行時空……多重宇宙理論的連鎖效應……」

入市前留意街貨量

今天窩輪和牛熊證市場的透明度很高，決定買入前，不妨從發行商或一些報價網頁上多讀取詳細資料，其中「街貨量」是重要的一環！買入前，必須要留意。

「街貨量」的定義是甚麼呢？

發行商推出窩輪和牛熊證後，公眾便可直接購入，假如投資者買入某隻證後，決定持有並「過夜」，這就會定義為「街貨」。

一隻證的街貨多與少，除了是投資者對相關資產後市的信心指標外，還可反映這一隻證在市場上的受歡迎程度。在發行商推行一隻證的初期，街貨量理應很少，由於距離行使價仍有一段距離，所以對投資者來說，吸引力便會較低。

既然街貨量決定一隻證的受歡迎程度，那街貨量的高度便有了我們買入與否的考慮了。

市場上對街貨量的高低沒有實質定義。而筆者認為，在兩隻條款相差不遠的證上，以街貨量達 70% 或以上，便可稱為「高街貨量」，少於 30% 便可作「低街貨量」論。筆者就喜歡選擇一些街貨量於 30 至 40% 的證。

街貨量的高低，會直接影響其價格波動。窩輪和牛熊證的發行商其實是與你對賭的莊家。道理上，一隻槓桿十倍的證，相關資產每升 1%，證價便上升 10%；但街貨量偏低的證，由於市場接貨能力低，買入方就要發行商負責出價，很多時候，買賣認證的投資者，會看到買入方出價方面拉闊，例如買入：$0.105 / 賣出 $0.115 之類，就算投資者想出貨也有一定困難，除非肯低價賣給發行商。

然而，也不要推斷高街貨量的證就可買入！因為街貨量過多，導致其證價很容易受市場情緒影響，使價格的波動程度也較大。

一隻街貨量過高的牛熊證，同時代表手持該證的「蟹貨」投資者也較多，相關資產價格上升時，證價可能會因為「蟹貨」出貨而令價格受壓，這個不難理解；手持「蟹貨」的時間愈久，心理上想沽出的希望愈大，特別對於價格大上大落的證價更甚！

當然，任何情況都有利有弊，高街貨量也意味著可以較易出貨，所以世事沒有絕對的。

2.7

回到數日前……

放工時間後，Arthur 奉老闆 Kenson 之命，在公司一直留守，而其他同事大多已相繼離開。7 樓的 pantry 內空無一人。

Arthur 作為公司的投資部總監，由於今天美國宣布將會在稍後時間向全球公布突發事件，這或許會影響到美股的表現，所以 Kenson 很自然地要求 Arthur 留下鎮守大局；當然，貴為老闆的 Kenson，很可能已經身在蘭桂坊。

入夜後的蘭桂坊，魅力四射，對「覓食者」來說，到處都是機會。

此刻 Arthur 在 pantry 內，泡了一杯 double espresso，準備今晚和「杜瓊斯」（美股指數）的作戰。

「咦～沖咖啡出聲叫我咪得囉～」一位中年女子步入 pantry。

「哦？乙姐～你仲未走？」Arthur 很出奇，竟有同事仍 OT 中。

乙姐，是以前與 Kim 和 Finna 共事時的同組同事，年資甚高，大家都對她敬重萬分，和 Finna 是要好的朋友。

「嗯，要搞埋啲手尾～點呀！美國有突發消息，股市今晚實波動啦！ Kenson 要你留守呀？」乙姐其實是一位很聰明的女性。

「哈哈，世事都畀你看透了，乙姐！今晚預咗捱一晚，仲要同 Kenson 隨時匯報～」Arthur 看來早已習慣。

「呵～你搵到 Kenson 先算啦，怕且佢已經喺老蘭爛醉了～」乙姐就是連老闆都不怕的。

「哈哈，無咁早～！」

「係呢，Kim 同 Finna 近排點呀？我都好耐無同佢哋食飯聚舊！」

「佢哋間盛天搞緊上市，呢排忙到咩咁啦～我過幾日約咗佢哋呀～一齊？」

「呵～唔好啦，你哋三個一堆，加埋我唔係咁好啦～哈哈！同我問候佢哋兩個啦，得閒叫佢哋返嚟探下我哋呢班舊同事啦！」乙姐其實很懷念和 Kim 一起作戰的日子。

「好嘅好嘅～！」

「吖係，以前 Kim 同我講過，唔好掂窩輪、牛熊，話我唔夠班呀個衰仔！話咩槓桿原理……依家個市人人都話 4 萬點，係咪仲唔掂得過先？點呀～投資部總監～」乙姐報上一個威迫眼神。

「哎！哈哈，乙姐！你由我入嚟做，睇住我大，咪玩我啦～槓桿係窩輪同牛熊證嘅吸引之處，本細可倍大利潤，當中的確有唔少技巧要學嘅……哎，如果……即係如果乙姐你呢幾年無認真去睇吓書、上吓網研究窩輪或牛熊證，咁……最好就唔好掂啦～哈哈！」「鬼R」在乙姐面前，卻有如綿羊一般。

「啤！！！係咁啦！」說罷，乙姐氣沖沖步出了 pantry。

Arthur 回到辦公室，品嚐著一杯色澤極黑、味道極濃的 double espresso，咖啡的香氣四散，牆上有著一部如紙一樣薄的電視機，正在不斷更新突發消息。

「美國科學家聯合公布，量子和質子學的研究取得了人類史上的重大成果，並首次解開了黑洞之迷……時間旅行可望在短期內實現……人類將有機會掌握時間，穿梭過去和未來……」

槓桿效益就是以小博大

窩輪和牛熊證滿足投資者「以小博大」的心態，部分相關的資產，由於價格偏高，本金較小的投資者就算入場買正股，能從正股中賺取的利潤也未見可觀。以滙控 (0005) 為例，一手正股本錢約 3 萬多（以正股價 $75，400 股一手計算），倘若股價上升 $1，投資者所得利潤只有 $400，扣除手續費後可謂只剩寥寥無幾。

再舉騰訊（0700）為例，一手 100 股，正股價格以 $330 計算，本金投放 $33,000，正股升 $10，即 3%，其利潤只有 $1,000。假使一隻窩輪或牛熊證提供十倍的實際槓桿，投放約 $33,000 的本金，能夠賺取的回報，理論上是正股的十倍，即約 $10,000 ！（注意實際利潤有著其他因素影響，在此暫不討論）。

2.8

「平行時空同多重宇宙？」

「嗯！我覺得，曼德拉效應明顯跟 Kim 同 Finna 嘅失蹤有關……」Arthur 在電腦前說。

「我認同～」Stephy 回答。

「曼效之中，有幾個較出名而且令人著迷嘅例子，除咗蔡楓華一例，國際上仲有以下呢幾個……」

說罷，Arthur 示意 Stephy 看看他電腦上的筆記。

曼德拉事件——海外篇

Case 1：甘迺迪之死

「美國總統甘迺迪遇刺身亡事件」當中，人們都記得多年流放出來那條總統被槍殺的片段中，甘迺迪當時是坐在一架四人車上遇害的，更有陰謀論推算，其實真正的兇手，是前方的司機向後射殺總統。

在曼德拉效應下，今天你找到的資料，原本的四人車已變成六人車！無錯，甘迺迪坐的是一架六人車，而中間的一排座椅，更坐著當時的德州州長和其夫人，總統甘迺迪和其夫人則坐在最後一排……

隨後，曼德拉效應再一次發生，視頻中總統遇害時坐的房車，是一架白色六人車，而非黑色四人車或黑色六人車，更有當年坐在中間的德州州長的訪問視頻作證明。

這一個例子，令曼效支持者非常著迷！特別是，大家發現在甘迺迪博物館中，所展出的車子至今仍然是黑色四人車，這令人不禁產生了無限個問號……如果當時總統坐的是白色六人車，那何以在博物館中，按當時實際情況而展出的遇害車輛，會是一架四人車呢？

Case 2：羅馬數目字 IV

回想一下，時鐘上的羅馬數目字「4」是怎樣寫的？「IV」？「IIII」？今天走到尖沙咀鐘樓，可以看到鐘上的 4 點是「IIII」。有人說，其實一直以來，羅馬數目字「4」，都是用「IIII」來顯示而沒有改變過，但有為數不少的人，在其記憶中的「4」字，一直是以「 IV」來顯示，不是嗎？

「呢兩個都係曼效嘅經典例子，你應該都知道吧？」Arthur 指著電腦上的圖片。

「知～」 Stephy 回答。

「所以明顯地，曼效並唔係單純嘅集體記憶問題啦！雖然好多時候，記憶同印象都會傳染，但我相信無可能會同時出現咁多明顯性不同的例子吧？甘迺迪單嘢更加難以解釋，唯一可能係，某啲人已經打開咗平行時空嘅通道，或從多重宇宙嚟到我哋嘅空間，將時間扭曲，回到過去，然後改變咗一啲事，再將我哋一直嘅歷史都改變埋！」Arthur 認真地說。

「唔……有可能！早幾日，美國有單震撼性嘅新聞，唔喺話人類已經有可能穿越時空咩？」Stephy 望著 Arthur 說。

「無錯，Kim 嘅失蹤，似乎變得愈嚟愈複雜……」Arthur 低頭一沉。

「另外，Natalie 所提到嘅牛熊證……」Stephy 沉思著。

「假設……曼德拉效應同平行時空扯上關係，金融市場一定會出現動盪，呢個月市況陷入瘋狂嘅局面，每個人都想用認購證或牛證去倍大利潤……莊家就好快會發放消息去收割，如果依家出現大跌市，窩輪或牛熊證嘅莊一定通殺！大跌市嘅話，Kim 要上市嘅大計，就要擱置……」Arthur 續說。

「咁即係意味住……有人唔希望 Kim 嘅公司上市成功？」

「牛熊證……」

「等等！當日喺 Kim 房間嘅報紙放咗喺邊度？」

認清和莊家的對賭關係

相信不少朋友都到過澳門，去澳門離不開入賭場玩兩把，在賭枱中玩過 21 點的，相信有類似的經驗——就是和你對賭的是莊家（假設 1 對 1），他會先派牌給你，然後莊家開一隻牌，而你先決定要牌或否。當手風不順，拿著 13 或 15 點，要決定博牌與否，其實很頭痛！

筆者並非指買認證等如賭博，但實際上你買入認證的前後，就是準備和發行商對賭！發行商會先派牌（買入價）給你，你持貨後發行商就依正股走勢而把價格抬升或跌，並由你去決定放貨與否（要牌與否）。

要留意，其實發行商和賭場的莊家一樣，他們是站在高點來觀察散戶的動作，當相關資產價格上升，一些發行商可能不會即時抬價，造成輪證價格落後，這是一場考驗大家的心理戰！記住，當相關資產價格上升，貼價的證價是該要上升的，發行商也定必出價（16 點莊家博牌），所以你一定要耐心等待發行商出價，並把利潤鎖緊。

明白「大戶在高點，散戶在低點」的道理後，我們便要站在低點，去思考大戶的手法，把風險降至最低。

須注意大戶有三招足以殺散戶於無形：（一）技術分析、（二）大行報告、及（三）羊群心態。

「技術分析」是每個投資者都要略懂一二的投資工具，但圖表派卻經常是中伏的表表者，特別在現金形勢急變下，升穿阻力或跌穿支持位變得平常事，買認證最忌單看技術分析去作決定。

其次是「大行報告」，你不難發現，每逢大行對某一隻股票發出買入或沽出報告後，相關資產的衍生工具就會隨之活躍，但大戶報告時準時唔準，你懂的。

最後是「羊群心態」，發行商的網頁都會提供散戶的牛熊證比例，資金流入認購或認沽，代表市場一窩蜂看好或看淡，這時我們要特別小心，向上殺牛或向下殺熊，你一定聽過的了。

總之，想大戶所想，莊家也不過是人，只是他們手上有的本金比我們的大罷了，沒有甚麼要值得害怕的。

小結

- Kim 和 Finna 究竟被捲進了甚麼空間？
- Natalie 好像知道所發生的事，她真正的身分到底是誰？
- 曼德拉效應是平行時空的一種嗎？
- 發黃的舊報紙是找到 Kim 和 Finna 失蹤的另一線索？
- 另外，那個神秘少年是誰？他也太詭異吧⋯⋯？

第3章

如何評估自己能夠承擔的風險？

「時光機」與「新紀元」

202X 年，量子和質子學取得重大突破，時光機因而順利發明，人類穿越時空，由夢想化成事實，無數平行宇宙因而產生⋯⋯

地球各國政府因應時光機的出現，經商討後決議把一直沿用過千年的公元前後原曆結束，並認為時光機的出現標誌著帶領人類正式進入一個新時代。

各國政府一致決議，把時光機出現後的第一年，正式命名為「新紀元 1 年」，如此類推。

在 Natalie 的部屋內。

「剛才同 Stephy 傾得順利嗎？」一把男性聲音說。

「嗯，佢同我討論曼德拉效應嘅事。」Natalie 回答。

「唔……咁佢發現咗曼效同時空嘅秘密未？」謎之少年續說。

「仲未，不過佢睇嚟只係停留喺曼效同集體記憶錯誤嘅層面上面……」

「唔緊要，Arthur 相對聰明，好快佢就會聯想到時空層面嘅事。」謎之少年沉思了一會。

「哦？」

「當日，我留低咗一份 2006 年嘅報紙，佢哋應該好快會發現線索……」

「嗯，希望佢哋可以盡快諗通，否則……」Natalie 若有所思。

「否則……呢個時空嘅盛天金融，好快就會正式上市……」

注意這是高風險投資產品

「認股證產品可升可跌，投資者有機會損失全部本金！」

這句警告字眼大家不會陌生，事實也的確如此。不論是窩輪或牛熊證，都屬於高風險的投資產品，和股票最大的分別，就是你一日不放出股票，都可當作坐貨，而非蝕錢。

然而，牛熊證有回收機制，一旦接觸到回收價，便會宣告即時死亡！即是「無 take two」！這意味著窩輪會更加安全嗎？可惜的是，窩輪或牛熊都有著一個合約期限，當期限一到便會結算，相關資產如未能達行使價，同樣會即時變成廢紙，損失全數本金。

既然衍生工具會「total loss」，我們就更加不能掉以輕心！嚴守止蝕，是一個重要的策略。其次，決不能和窩輪及牛熊證鬥長命，因為和正股已不能長戀，更何況是有時間值限制的認證？

3.2

Kim 和 Finna 失蹤的第一個下午，Arthur 從 Stephy 口中，得知有關「曼效」是怎樣的一回事，繼而在互聯網上開始找尋相關的資料，他發覺到人們口中的「曼效」，很可能和時空有關；而從當日在病房出現的一份離奇舊報，可能會找到線索……

「嗰份舊報紙呢？」Arthur 向 Stephy 詢問從病房中拿回來的舊報紙。

「病房嗰份？喺呢度！」Stephy 心想，其實一直都是放在枱上……

Arthur 伸手接過那張發黃的報紙，標題依舊是牛熊證首個交易日的消息，日期為 2006 年 6 月 12 日。Arthur 把報紙拿起，垂直細看頭版上的所有內容，Stephy 則坐在他的對面。事實上，由醫院回來至今，他們一直就忘記了這份離奇出現的舊報，讓它在枱上閒著。

「有無咩發現呢？」Stephy 一邊試圖再致電聯絡 Finna，一邊問。

「唔……無呀，都係一啲當年嘅舊聞，除咗牛熊證首日登場嘅標題之外，仲有一、兩段港交所發出嘅特別聲明，寫住：『買入牛熊證前，應該先要了解當中的風險和自己的財務情況，評

估可否承擔本金全數損失的壓力與否』之類。亦有一至兩段係講樓市嘅……當時係『沙士時期』之後，樓市仲係低潮期……嘩！見到呢個價格真係不得了！美孚新村一個650呎實用面積單位，當時賣緊百幾萬咋……」Arthur看來在任何情況對樓市的興趣都不減。

「650呎，百幾萬？真係諷刺～邊個當時會諗到2012年之後，樓市會進入超級大牛浪，百幾萬連一個車位都買唔到呀！」Stephy語帶唏噓。

「唔好講其他嘢啦……唔……無可能！呢張報紙一定有古怪，有咩理由無端端喺Kim間病房突然出現，一定有問題！」Arthur言歸正傳。

「喂！你可唔可以回應吓我呢，搞到我成日對住空氣講嘢咁，感覺勁唔好受囉！」Arthur得不到應有的回應，望向Stephy，「喂！做咩你塊面咁青……無事吖嘛？咪嚇我！」Arthur放下報紙，只見眼前的Stephy目瞪口呆、面色發青，一副很惶恐的樣子。

「Arthur……你睇睇……份報紙背面……」說罷，Stephy的手，示意Arthur把報紙反轉。

「……吓！！！點解……！」Arthur反轉報紙背面一看，眼前這一份報紙，隨即令他產生一陣寒意……

從了解個人財務狀況開始

所謂「財不入急門」！如果你只剩餘一注錢，欲希望以一注窩輪或牛熊定生死的話，筆者幾近肯定把答案告訴你，必然九死一生！古人說「財不進急門」是有道理的。何解？「急則慌，慌則亂！」人急不能看清前路方向，更加不要說千變萬化的投資市場了！急則亂！這會使你變得胡亂投資！明知道相關資產已經升抵高位，你欲一博而買入！這種情況是散戶最常見而輸錢的。

所以，請先退後一步，了解自己的財務情況，最好在沒有壓力下才進行，帶著一注翻身的壓力進入賭場，「敗北」可謂是必然的！

一定要先明白投資窩輪或牛熊證會有機會損失全數本金，所以入市前，請先有心理準備面對最壞情況——就是這筆錢有可能會全數損失！甚麼？這樣豈不是未打先輸！？對不起，你現在不是行軍打仗，才不需要這種自信來行事！如果入市前已明白這筆錢有機會全數輸掉的話，你便可以輕鬆地面對勝負，這樣賺錢的機會反而會愈大。

其次，請要有心理準備預計衍生工具的波幅是十分大的，5~10% 上落是等閒事，更甚是一日可以升跌 30%，所以要好好控制注碼才好！

3.3

Arthur 和 Stephy 一直把專注力集中在舊報那條關於牛熊證報道的標題上，卻一直忽略了背面的內容，直至 Stephy 剛好坐在 Arthur 的對面，被眼前的報紙內容嚇呆了……

「新紀元 Y 年！？」Arthur 眉頭深鎖，對眼前所見的難以置信。

報紙背面的日期，寫著「新紀元 Y 年（202X 年）」。

「……」

Arthur 戰戰兢兢地把報紙反轉，發現日期和主板不同！日期為「新紀元 Y 年（202X 年）11 月 19 日」。唯獨有一樣可以肯定，前後同樣都是財經版，202X 年的報章頁面和現時的排列相若，似乎紙媒在 202X 年，仍可以找到生存空間，當然，不斷萎縮是一個不爭的事實。

「呢份係來自未來嘅報紙？『新紀元』又係咩意思？最重要係，入面內容有無咩特別？」良久，Stephy 終於打開了話題。

新紀元 Y 年（202X 年）一則財經新聞——

「國際金融市場迎來最恐怖的一天，地緣政治局勢突然急轉直下，美國早上突然向東海附近發射巡航導彈，並擊沉中國一架航空母艦，觸發亞洲區金融市場大跌，港股單日下挫 9,000 點！」

「戰爭！？ 202X 年的股災？」他們異口同聲，感到困惑。

「入面仲有一段內文！」

「本港發行中的牛證無一倖免，市場牛證全數被即日收回，是香港自牛熊證產品推出以來的首次。事發於本港時間早上，散戶一直沉醉於升勢中，危機意識可想而知……」

「的確，上班族面對突發嘅消息，要止賺或止蝕牛熊證，根本係無可能。」Arthur 有感而發。

「Arthur ！呢度仲有一段！！！！」Stephy 指向一段在左下角的新聞。

近日，一直在市場鼓吹大力掃貨的上市公司——盛天金融，其客戶可謂損失慘重！該公司的股價更跌至上市新低點，公司現已停板，市場更傳出公司主席突然人間蒸發！

「……」

繁忙一族請自動退場

如果你是繁忙的上班族，平常工作已忙得透支，沒有多餘的時間去留意股市，那便請不要貿然參與衍生工具的投資了！這並不涉及個人買賣技術的問題，就算你買賣技術有幾高超，但窩輪、牛熊證的價格上落實在急勁且快速，一旦錯過了要沽出的一刻，就會由贏變輸了！

有人會問：「在上班前預先設定止賺或止蝕盤，不就可以麼？」

近年，本港市場為自由開放市場，波幅較預期大，加上內地是政策市，單日轉向屢見不鮮！一分鐘的市場平靜，可能是下一分鐘波濤洶湧的序曲，影響認證的價格因素何其多，投資者難以完全預測！

某些時候，或許可能只欠數個價格便可沽出，然而因為你未能緊貼股市，機會便會白白流走！

止賺盤也是同樣的道理，可能只欠幾個價格便可收割，惟相關資產可能午後來了一個壞消息，預早設定的止賺盤，不會懂得隨機應變，蝕賺的機會其實反而倍增！

3.4

突然出現在病房中的舊報紙，原來既是來自過去、也是來自未來的產物！最令 Arthur 和 Stephy 震驚的，不是內文中提到的股災和戰爭，而是一段關於「盛天金融」的新聞。

「我唔能夠確定呢張新聞紙嘅真確性……」冷靜過後，Arthur 拿著報紙向著 Stephy 說。

「哦？」

「先唔好講前面 2006 年，背面竟然係 202X 年咁離奇！盛天金融喺 202X 年已經上市唔出奇，但新聞形容嘅盛天金融，同埋主席嘅動作同行為，你覺得係我哋認識嘅 Kim 咩？」Arthur 反問 Stephy 說。

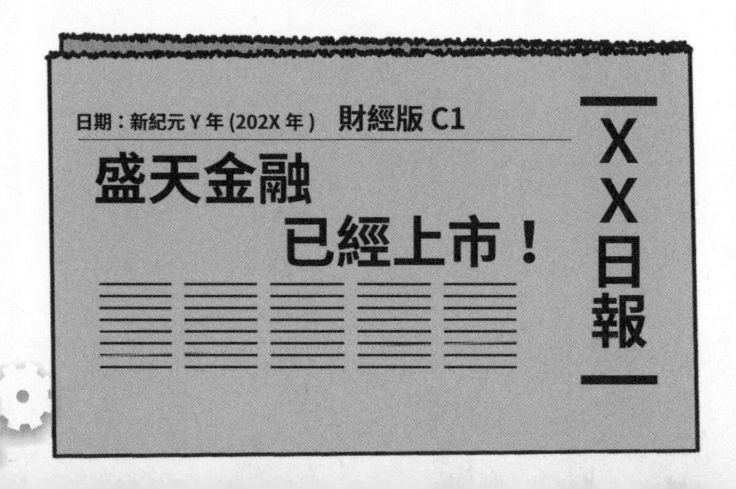
日期：新紀元 Y 年 (202X 年) 財經版 C1

XX日報

盛天金融
已經上市！

「我認識嘅 Kim，係一個 EQ 極高嘅投資專家，我同佢當年炒窩輪起家嘅時候，面對住極大嘅風險，本金由有到無，到幾乎 total loss，佢都可以好冷靜咁去面對！時至今日，佢做人都好低調，照去茶記食飯，根本無太多人知佢就係即將上市嘅公司老闆，又何來會好似段新聞咁講，咁高調叫人掃貨？甚至逃避至失蹤？以我熟悉嘅 Kim，根本無可能會咁做！」Arthur 細心分析後，愈想愈覺得無可能。

「呢一點……我好同意！」

投資者要有莫大的 EQ

很多人的夢想是做個「全職炒家」，認為每日只要在股海中炒賣，便可足夠養活！但要知道，全職炒家的壓力，其實比打工仔大得多，當中的苦況也不為人知道，所以全職炒家對於自己的情感管理要做得好，才不致於影響生活和家庭的關係。

全職去炒賣正股的壓力已不少，假如把窩輪、牛熊證加入其投資組合，其壓力將更是巨大無比，除非你真是炒賣能手（筆者從未遇過），否則要三思。

不想有太大壓力的話，就請適量控制你入市的注碼，切記不能以貪念蓋過理性。

由於槓桿效應的關係，眼光準確者，很小的注碼便可以賺大錢！但人性是有貪念的，在入注一刻，你只會聯想到，買得愈大，賠得愈多！以一鋪大注去博取更大的利潤，往往就是這個貪念，而令自己陷入萬劫不復之地！

請緊記筆者這一句話：「錢是用眼光賺回來的，不是博回來的！」

緊記！緊記！

3.5

回到 2010 年……

「Kim，今晚 OT 後有無嘢做？」電話的另一方，傳來 Arthur 的聲音。

「無呀～但有排都唔走得，呢份 project 要聽日內搞掂，否則 Kenson 講明要喺甲、乙、丙入面是但炒一個！」（甲、乙、丙——就是三位當年與 Kim 同 team 的同事。無錯！乙，就是乙姐了。）

「咁絕？」

「唉，『腦細』要咁，我哋都無計～～」 Kim 無奈地說。

「可惡，唔係『雷曼』單嘢，依家我哋唔使咁受氣啦！」Arthur 的聲音帶點氣憤。

「過咗去就唔好提啦～我們要向前望！收拾心情，重整軍勢，他日我哋必定可以捲土重來！」Kim 在電話的一方，單手握著拳頭，一副打不死的眼神。

「之不過……我哋蝕咗好多呢……」

「Arthur，聽我講，股市就係咁，坐貨唔可怕，最可怕係我哋資金有壓力，所以我哋依家一定要保住份工！他日坐完貨！壓力就會自動消除！坐窩輪同牛熊就話有時間值，會畀人斬嗜～但我哋坐正股，捱住就搞掂！唔可以輸呀！」Arthur 罕有地需要 Kim 的激勵。

「哈～ My friend ！金融海嘯後仲咁火～！」Arthur 的士氣回復了。

「唔同你講住！乙姐叫我！」

說罷，Kim 掛上電話。

注意坐貨的壓力

筆者經常勸導朋友，窩輪、牛熊最好不要過夜，因為坐貨的壓力實在太大了！試想一下，當你持有一隻認購或認沽 / 牛或熊證而過夜的時候，你必然要留意晚市動向、美股走勢等等，倘若方向不似預期，要有心理準備明天急挫，這種煎熬一點也不好受。

用窩輪或牛熊作「即日炒賣工具」，可以有機會真正做到「本小利大」的成果，持貨壓力也相對減輕，這剛好和正股相反。正股操作上可以分為短、中、長線三部分，波幅較低，所以「即日鮮」要賺取一定利潤，難度反而更大！而認證本身在槓桿效應下，只要是眼光獨到的投資者，把握相關資產的區間低位購入，反彈去賺取槓桿倍數的利潤，收穫可以很可觀！而且也免去不必要的坐貨壓力。

Arthur 的住所內……

「照我估計，Kim 同 Finna 嘅失蹤，係扯上咗時空穿梭同曼德拉效應；跟你諗嘅一樣，就係產生咗平行宇宙同時空重疊嘅關係。」Stephy 冷靜過後，開始突顯其查探到底的性格。

「嗯！認同！」Arthur 回答。

「時空穿梭，因而引發出曼德拉效應！假設，未來已經發明咗時光機，有人回到過去，搞亂我哋認知上嘅歷史，然後引發曼德拉效應……結果，某啲我哋一直已認知嘅事，就慢慢咁改變咗！」Stephy 續說。

「無錯，例如我哋本來從小到大嘅認知，蔡楓華一直都係講『一剎那光輝，唔代表永恆！』因為有人回到過去進行某啲動作，搞亂咗個歷史！結果蔡楓華嘅金句就出現改變，或可理解為分裂成另一個平行宇宙！」Arthur 細心分析著。

「嗯嗯！呢啲人嘅原意，可能並唔係要改變蔡楓華講嘅金句，而係由於佢哋改變咗某啲歷史，因而間接令蔡楓華、甘迺迪，甚至係美國自由神像嘅位置改變咗等等嘅曼效事件……分裂出唔同嘅結果或時空，我哋依家原有嘅意識，於是就慢慢出現咗改變。」Stephy 的分析，愈想愈仔細了。

「睇嚟我哋要搵多次 Natalie，佢想我哋了解嘅，應該就係咁！」Stephy 一直聯想當日和 Natalie 見面時的情形。

「我有預感，今次我哋可以解開所有謎團～」Stephy 以微笑望向 Arthur。

「哈哈，有意思！我最鍾意博！我同 Kim 唔同，佢鍾意正股，要穩定，要安全！我就最鍾意窩輪同牛熊證，值博率夠高呀！」Arthur 冷笑！他喜歡以投資作比喻。

「服咗你，呢個時候都可以用股票做比喻！」Arthur 其實只想緩和一下 Stephy 繃緊的心情。

「哈哈，我的字典裡沒有『輸』字！ Sorry ！」Arthur 一邊唱，一邊流露出自信的眼神……心想：「Kim，無錯啩！？我哋從來都唔會認輸！等我呀！ My friend ！」

與正股比較值博率

撇除貪念，正股跟窩輪或牛熊證，其實扮演著不同的角色。事實上，甚麼時候應該入前者或後者，是沒有一個明確的答案。關鍵，在於風險控制。

股市在牛皮或失去方向的時候，最忌入窩輪或牛熊證，很多時候股市在待變的狀況，區間只在數百點間上上落落，這時選擇買入窩輪或牛熊證便是愚蠢的，因為單以每日的證價，因為時間值消耗而下跌，已經可以止蝕了。

而在股市爆單邊時，認證風險更低，這是很多人不明白的因素。當恒生指數升抵 30,000 點時，股王騰訊 (0700) 已升抵 $500 的時候，購入一手正股的成本相對較大，且股市上衝至浪頂，泡沫或已形成，隨時有爆破或回吐可能。

這個時候，以成本較低的認證，鎖死回吐的風險（投放資金較低，最多蝕至零），相關資產如續泡沫上升，便可以食盡升幅！倘若不幸而下挫，其損失最多是輸掉全數認證的本金罷了！這總好過高位用巨大本錢買下正股，不幸回吐而坐貨吧？

小結

- Kim 和 Finna 失蹤當日，病房內出現的舊報紙，竟然是來自 202X 年的未來產物！
- Natalie 究竟和甚麼人對話？他們隱藏著甚麼驚天大秘密？
- 曼德拉效應和平行時空所引發的歷史改變，和 Kim 扯上了甚麼關係？

第4章

「窩輪牛熊」專業操作

有關「多種宇宙」和「平行宇宙」

「平行宇宙」一詞源於 1990 年代，起初是科幻小說的概念，部分科學家從間接推斷，平行宇宙的確有可能存在，只是我們在目前的科技水平，還是不可能以肉眼或親身去接觸到。

我們所存在的宇宙並非單一，在同一條時間線上，存在著和我們相似的另一個、或多個的宇宙，是兩個不同的維度空間。它們分別存在著同樣的你和我，平行宇宙中的人物或許相同，但其故事發展並不一樣，這個宇宙中的 Arthur 和 Kim 是兄弟般的友誼關係，或許在另一個平行宇宙的時空，Kim 和 Arthur 可能早於中學年代便已經反目，甚至成為了仇人！

這個就是平行宇宙的簡單概念了。

共通點篇

Kim 和 Finna 失蹤後的下午，Stephy 和 Arthur 從出現於病房內的舊報紙，找到了一點頭緒，並發現這張報紙，竟然是來自未來的產物！

隨後，失蹤已經超過 24 小時。

這個時候，醫院方面開始認為事態嚴重，正在展開緊急會議，並查看當日醫院內所有閉路電視的影像。由於個人私隱的關係，Kim 和 Finna 的病房內並不可能安裝監察鏡頭。至於位於他們所住的樓層，病房的走廊出口處和自動電梯附近，都屬於監察範圍，可惜並無任何發現……

在醫院會議室內。

「究竟件事係點呀？畀個合理解釋我！點解會有病人喺我哋嘅醫院失蹤！？」一名內裡穿著黑色西裝，外表披著白色醫生袍，滿頭銀絲的花髮中年男人，正在會議室長枱的主席位上發雷霆！沒錯，他就是醫院的院長。

「嗰日係我組嘅護士輪更，佢一直都留守喺崗位，真係無睇到有人離開過病房。如果佢哋有出過去，一定會經過出口，所以我哋一定會知道。」一名高級護士長試圖解釋。

「你肯定當值嘅護士無離開過？會唔會有人瞓著咗呀！？」另一名護士長開聲指罵。

「你咁講係咩意思！？我好肯定！」

「你點肯定呀？唔通佢同你講佢偷懶吖？定係佢同你講，當值時候我瞓著咗吖？」

「你……」兩組的護士長，你一言我一語，整個房間頓時充滿了火藥味。

「夠啦！嘈夠未！依家病人喺醫院失蹤，唔係叫你哋互相指罵！似咩吖！？保安部有回覆未！？同我直線接落保安部！」院長拍枱震怒。

「哦……」兩名護士長，暫且各自收兵。

會議室中開動電話揚聲器，直線接通了保安部。

「喂，呢度係保安部～」從七樓美女護士 Ada 的座頭電話打出的內線接通，揚聲器傳出了輕佻的聲音，「係咪七樓 Ada 打嚟？搵我有咩貴幹？想約我食晚飯呀？哈哈……」

「你哋……睇晒閉路電視影帶未？」一名護士長問道。

「睇梗啦～個老坑話今日要有結果嘛～阻住我打機時間～係呢，

你把聲今日咁嘅？」

「叫你哋睇重播，睇晒未！可唔可以話畀我知咩情況！病人幾點、幾時走出病房！？你喺醫院做保安定係識護士？！仲有，邊個叫『老坑』？！！！！」院長明顯地震怒，全場肅靜。

「你又係邊個呀？大叔！」

「我係呢間醫院嘅院長！最高決策人！即係請你嗰個！」

揚聲器的另一邊傳出了掛線的聲音。

良久……

「咩話！！！？一直都無人離開過病房？你肯定！？唔……我知道啦。」

「各位同事……保安部剛剛覆我，佢哋用咗成日去翻睇每段閉路電視影片，睇過晒病人所住嘅樓層、電梯，甚至醫院大門各出入口嘅錄像，但病人似乎……從來無離開過病房一步……」

認證的壽命期

無論窩輪或牛熊證，都是有期限的合約，兩者都有著到期日的限制。到期日，即最後交易日，該證在這一日之後，投資者便不能夠再作出任何買賣。

而窩輪或牛熊證的到期日，有著遠期或近期的分別，一般來說，距離最後交易日少於 3 個月為最短，短線為 3 至 6 個月，中線則為 6 至 12 個月，如果認證的最後交易日為 12 個月以上，則是一隻遠期 / 超長線的證了。

Stephy 和 Arthur 打算再約 Natalie 見面，而時間已開始入夜，這時醫院方面已正式確認兩位病人失蹤，但礙於事件太過離奇，醫院方面懇請 Arthur 和 Stephy 回醫院一趟，相討解決方法。

Arthur 和 Stephy 當然沒有打算把發現未來報紙一事說出來，只是打算回醫院一趟，在病房內再細看一下，查看有沒有別的發現。

Arthur 駕著其最新型號的電動車，前往醫院途中……

車廂內一遍悶局，Arthur 和 Stephy 都沉默不語。良久，Stephy 終於嘗試打開話題。

「你唔使太擔心啦，Kim 係叻仔，今次一定無事嘅。」坐在 Arthur 旁邊的 Stephy 試圖把納悶的氣氛趕走。

「望就咁望啦，希望今次同嗰次一樣有運啦……」Arthur 一邊駕車，一邊顯得心事重重。

「嗰次？」

「好多年前，我同 Kim 瞓身一隻港交所認購證，當時港交所個

價得 $150，我同 Kim 買咗一隻時間值為一年嘅遠期證，睇港交所會升到 $220 以上。」

「跟住呢？」

「我哋兩兄弟揸咗三個月價，隻輪無咗一半嘅價值，我唔敢講有幾驚，因為嗰陣間屋等住錢上會。」

「然後呢？」

「結果 Kim 話畀多兩個禮拜佢就會升，之後一個滬港通通車嘅消息，港交所即刻炒起，由低位 $155，一口氣升到 $230 ！」

「哇，正股升咁多，隻窩輪咪好勁？」Stephy O 嘴。

「嗯，最後我同佢喺高位止賺咗七成嘅利潤，餘下三成任由隻輪去到到期日，由佢 run，嗰次係我人生中第一次揸一隻輪去到尾，而又肯定會賺錢！」

「Kim 的確好叻，相信無咩人夠膽揸住隻輪到尾去大賺～」

「嗯……」

前往山頂醫院的路途上，Arthur 不期然想起了和 Kim 一起作戰的往事，心裡佩服他的技術，而對他的失蹤，顯得十分擔心。

為甚麼很少人持貨至到期日？

大多數人都不太清楚，窩輪或牛熊證如果到期後是怎樣計算？也是的，因為大多數人買賣認證，都以短炒為主，很少會持貨至到期日。有這個想法的人，可能沒有在認證市場賺過大錢吧！哦？為甚麼？

假設你有一天買入了一隻「騰訊認購證」，其行使價為正股 $250，大家知道股王有段時間股價單日急升成為常態，轉眼間正股已到達 $400 ！而你手持的認證價格已不知升了多少倍。這時，你可選擇把利潤全數沽出，又或沽走大部分利潤，而持有一部分至到期日，在到期日後，你便可按換股比率，去換取正股，這樣便可鎖著利潤，同時在該證到期後，換取相應正股。由於認證價格在正股急升後，其行使價與正股價格已有大段距離，吸引力便大為下降，一段時間後，其認證價格的升幅放慢，甚至每日只以象徵性上升，所以在到期日選擇換取已上升的正股，可說是一次最完美炒證的成功例子！當然，很少人可以做到呢。

Arthur 和 Stephy 終於到達醫院。Stephy 回想起剛才在車廂內 Kim 的故事，好奇地問 Arthur 有關衍生工具的事。

「你唔係講過，窩輪或牛熊證到期日後就無價值咩？但剛才你又話剩餘一部分認購證至到期日？」Stephy的求知慾又爆發了。

「呢個 moment，你嘅求知慾可唔可以先收歛一下呢？」Arthur 苦笑。

「我沿途已經一直忍住無問你啦～！」Stephy 帶點生氣。

「衍生工具喺到期日後，如果相關資產價格喺行使價之上，係可以按比例收回餘額嘅；不過咁，好少人會持有至到期日，只有 Kim 睇得咁通透先會咁做。」Arthur 還是耐心地解釋，因為他知道 Stephy 會不斷追問。

「咁，風險真係相當大啊！」

「當然啦，除非好似嗰次咁賺硬，我哋買港交所嗰陣，正股仲係 $150 左右，隻輪嘅行使價 $168，點知正股一瞬間就升到 $240！嗰陣隻輪距離到期日得返一個月咋，計起來，除非一個月內正股由 $240 跌穿 $168，否則都仲有價值～所以叫賺硬！」

「哦，我明白啦！因為可能性好低。」

「日後再慢慢同你研究啦～依家先收拾心情吧！」

說罷，他們進入電梯。

咚。

「你哋到啦～我就係醫院嘅院長。」

電梯門一開，只見院長和幾位高級護士長已排得筆直，等候著他們。

到期後餘價的計法

有關指數的結算法，包括恒生指數、國企指數，計算方法以根據即月指數期貨的結算日，按當日指數現貨全日 5 分鐘平均價計算，假若一隻認證的行使價是 28,000 點，而換股比率為 6,000，結算日的平均數為 28,600 點，公式如下：

(EAS – 行使價) / 換股比率
= (28,600 – 28,000) / 6,000
= 0.1
即每 10,000 股認證可以取回 10,000 x 0.1 = $1,000

有關股份的認股證，公式如下：

用滙控（0005）做例子，以正股價格在到期日前五天的平均價去計算，注意到期日當日不計算在內。

假設平均收市價為 $80
一隻認證的行使價為 $72，換股比率 10 兌 1，公式如下：

（結算價 – 行使價） / 換股比率
= （80 – 72） / 10
= 0.8 元每份計

* 認沽證的計算則相反，行使價 - 結算價 / 換股比率

4.4

Natalie 的部屋內……

「哦？ Arthur 同 Stephy 終於理解到，曼德拉效應跟平行時空嘅關係啦？」謎之少年出現於 Natalie 的部屋內。

「無錯，佢約我聽日見面。」Natalie 冷冷地回應。

「唔……咁叫佢地嚟呢度吧……事情總係要解決，佢地兩個係關鍵人物。」

「嗯……」

「即係聽日我哋就要表露身分？」

「嗯，已經係時候……」

謎之少年和 Natalie 看來早已相識，他們之間究竟有甚麼關係？

醫院的會議室內……

「咩話！？睇過閉路電視後，發現佢哋一直無出過去？你肯定？」Arthur 借意向院長追問。

「嗯……我代表醫院全體人員，先向兩位講聲對唔住。但今次事件實在太離奇，因為病人身處高級私家病房嘅樓層，係一房一病人嘅房間格式，按當晚情況，呢層樓嘅病人就只有佢哋兩個。當值嘅姑娘一直喺崗位工作，就算行開咗，安裝喺走廊出口前嘅監察器，需要掃瞄病人嘅瞳孔，大門先會打開……但資料顯示，從入院至今，從來無掃瞄過嘅外出記錄……」院長有備而來，向 Arthur 作出詳盡解釋。

「唔……」Arthur 表現異常冷靜，和早前在電話大罵的他，好像判若兩人。

「發生呢件事，院方深感抱歉，但喺醫院立場上，希望你哋暫時唔好驚動警方住，請畀少少時間我哋進行全院搜索。」說罷，院長作出一個 90 度的彎腰，鞠躬道歉 。

「我明白啦。院長，但我要求入多次病人嘅房間，睇睇有無咩線索留低。」Arthur 毫不客氣提出要求。

「……」院長有一點猶豫。

「報警唔可以，就連入病房都唔可以？」Stephy 此時加上一句。

「唔係唔係……但盡量唔好亂動房入面嘅嘢就好啦……」院長有點無奈。

Arthur 和 Stephy 由職員帶往 Kim 和 Finna 失蹤的房間。

「咁我哋依家要做咩？」Stephy 輕輕地問。

「我哋依家嘅情況，就好似一隻『價內』和『價外』輪證嘅分別，你知道分別係咩？」

「『價內』容易控制，價格波動低，一切盡在掌握之中；『價外』難以控制，波幅大，跌起上嚟跌得快。」Stephy 對窩輪和牛熊證愈來愈感興趣。

「好一句一切盡在掌握！我哋就係要將件事，盡在掌握之中，唔可以比醫院作主導！」

「請進！」職員示意。

何謂「價內」和「價外」？

究竟應該怎樣去因應情況來選擇「價內」或「價外」的認股證呢？不論窩輪或牛熊證都有著不同的行使價，行使價我們可理解為「打和點」，相關正股的價格如果能到達，甚至超過這個打和點，理論上認證的價格就會向上而賺錢！

那麼何謂「價內」和「價外」呢？以認購證或牛證來說，相關資產的價格高於認證的行使價，就是「價內」，該證在到期日後可以行使兌換股權或現金；反之，相關資產的價格低於認證的行使價，屬於「價外」，這隻認證在到期日後便沒有行使價值。

「價內」的證價一般波動性會較低，因為「價內」的認證其實已失去了值博的憧憬，是一隻穩賺品，所以發行商相對出價較慢，市場承接力弱，愈是「價內」的認證，其價格上升的能力便較弱。

而「價外」的認證值博率的確是較高，但假如其行使價距離相關正股現價太離地，同樣會令到這隻「價外」的證失去吸引力。

試想想，假如一隻滙控的認購證的行使價為 $150，正股才 $70，而到期日這隻證便會損失所有本金，比著你也不會選擇了！

「價內」和「價外」的證可以因應市況不同情況而選擇，如遇上了超級大牛 / 大熊市，比較「價外」的證也有一定值博率。

近年內地汽車股炒上，比亞迪（1211）股價由 $46 一口氣升抵 $70 ！這些時候就可博一隻較「價外」的證。

不過，大部分情況下，一隻輕微「價外」的證才是我們應該要選擇的，始終風險可控才是最重要。

4.5

話說 Kim 和 Finna 在病房一覺醒來，感覺四周異常，及後身體好像不由自主般，捲入了一道空間……

「Kim……我哋依家係邊度呀？」Finna 問 Kim。

鏡頭一轉，Kim 和 Finna 一臉迷惘，他們看來仍身處於病房中？

「唔知呀……周圍嘅景物好似停頓咗咁！感覺好似無咗時間……」Kim 環顧左右四周。

「究竟發生咗咩事……我哋好似被捲入咗一個空間，但我哋又返到病房，好似咩都無發生咁……」

的確，Finna 和 Kim 再次出現於病房內，眼前景物依舊，但房間是整理好的，沒有一點凌亂感，這和 Arthur 眼前看到的並不一樣。他們處於同一個維度，但兩個不同的空間（宇宙）……

「Finna，你感唔感應到？」Kim 望著 Finna，眼神示意門外有人。

「咩呀？」

「Arthur 好似嚟咗！」

「Arthur ？」

醫院職員正帶著 Arthur 和 Stephy 前往 Kim 失蹤的病房。

「兩位，你哋可以入去病人失蹤嘅房，房入面嘅嘢我哋無移動過，亦請你哋都唔好移動任何物件，因為萬一要報警嘅話，呢度所有嘢就係案發現場嘅證物！」

「我明白～」

「兩位請便，如果有任何發現或想離開嘅話，請通知我哋。」說罷，職員離開了房間。

「好。」

病房的房門關上，病房內只餘下 Arthur 和 Stephy 兩人。眼前的房間一遍凌亂，和早前 Arthur 所見到的一模一樣。

「Arthur，呢間房仲有我哋需要嘅資料咩？」Stephy 不解，為何要走回房間一趟。

「時間值已經變得愈來愈少……」Arthur 向著房間說。

「時間值？」

「Kim 出來啦！你再唔出嚟，時間值消耗就好似窩輪同牛熊證

咁！隨住時間值愈嚟愈少，生存嘅機會就會愈嚟愈低（價格自然愈嚟愈跌）！！」

Arthur 向著凌亂而暗黑的房間，大聲地說。

……

「真係 Arthur 呀！！ Kim ！你聽到嗎！？」Finna 尖叫起來。

「嗯！」

時間值的消耗

關於時間值的課題，永遠都是買賣窩輪或牛熊證必修的，他們共同的條款是到期日後，便不能再買賣，這和正股並不一樣。因為受著這個到期日的限制，時間值的消耗，就是影響證價上落的重要因素之一。

距離到期日的時間愈短，消耗便會愈大，就算相關正股的價格保持不變，其證價都會因為時間值的消耗而下跌，這可解釋到，某些時候為甚麼正股只有很輕微，甚至於沒有波幅的情況下，窩輪或牛熊證的價格，都會出現急跌的情況。

哪怕一隻認證還有半年也好，或十天也好，甚至今日就到期了，買賣的決策權都在你手上，買或賣與否都要自行判斷，只要明白到相關正股在到期日後，如果價格未能到價，就會變成廢紙這事實便可以了。

少於三個月到期的證，其時間值損失很大，反轉來說，如果買對了方向，其利潤升幅也是巨大的！2017 年電動車股突然炒起，比亞迪（1211）突然單日升 $10 ！認購證和牛證價格大幅抽升，這可說風險和利潤是成正比的。

距離行使價太遠，而時間值只剩餘很少的認證，除非相關資產價格突然有著很大的升幅，否則發行商考慮到時間值消耗的問題，便會拒絕為買方出價，如果市場上沒有其他投資者願意出價買貨，你持有的認證便會失去了承接力，最終，有可能眼白白目送該證至到期日，而慘變成廢紙！

所以，時間值愈少，止賺和止蝕都愈要果斷，決不能有半點猶豫呢！

4.6

散亂在 Kim 病房內的東西，依舊原封不動，Arthur 和 Stephy 重回病房，眼前空無一人。Arthur 卻突然對著空氣大聲呼喝著 Kim，好像 Kim 一直仍在房間內。

「Arthur，你唔好嚇我！」Stephy 對 Arthur 的叫嚷，感到有點驚訝。

「……」

病房內依舊一遍死寂，Arthur 的呼喚沒有得到半點回應……

「哈～咁算係咩態度呀，Kim，你一定聽到我把聲，你快啲應我！」Arthur 苦笑著。

「Arthur，你唔好咁啦……」Stephy 拍拍 Arthur 的膊頭，給他一點點的鼓勵。

「哈哈哈，呢種感覺好熟悉，好似返咗去當年同 Kim 一齊作戰買賣嘅時候，莊家一直唔肯出價，我們可以做咩吖～ Kim ！哈哈哈～」Arthur 低頭，無奈地苦笑。

「……」

「投資嘅世界就好似行軍策略咁，面對住嘅都係未知之數！情況同依家一樣，我哋面對住嘅，都係一個未知之數！但 Stephy 你知道嗎，我同 Kim 喺投資世界入面，係永不言敗嘅！」Arthur 的目光十分堅定。

「……」

「要令死局起死回生，就要迫莊家出價！莊家要出價先至可以有買賣，隻輪就可以起死回生！」Arthur 說了一大堆，Stephy 愈感到莫名其妙。

「一切都係喺呢間房發生！呢間房我哋發現咗來自未來嘅報紙，從而得知未來盛天金融出現咗問題，Kim 因為咁而失蹤，一切就好似要話比我哋知，一定唔可以畀盛天金融上市咁！我哋依家要做嘅，就係一定設法令盛天金融如期上市！咁就等於迫莊家重新出價一樣！」Arthur 看來找到了一點方向。

「唔希望見到盛天金融上市嘅，會係咩人呢？」Stephy 沉思……

不出價的莊家

某些莊家被投資人稱為「爛莊」，對發行商出現了如此惡評，都是投資者累積的經驗所得，莊家「唔出價」是每位有過買賣窩輪或牛熊證經驗的投資者之談！

特別在街貨量少的認證上，其買 / 賣價很大程度上單靠莊家去維持，總有些時候買賣差價拉得太闊，又或買方一邊定價太低；縱使相關資產價格向上，莊家就是不願出價，而令持證的朋友不能沽貨，或利潤被鎖定至很小的範圍內，令人進退兩難。

這些莊家 / 發行商都應該要列入黑名單之中！

4.7

「聽到嗎 Finna，係 Arthur ！」Kim 向著大門說。

「嗯！但四圍都無人，點解會聽到 Arthur 叫我哋？」Finna 有點惶恐。

「係空間……我哋捲入咗另一個空間！或者可以咁講，我哋闖入咗另一個平行宇宙，同樣都係呢間病房，但我哋喺兩個唔同嘅空間入面……我諗呢間病房可能有一樣嘢，可以貫穿兩個時空嘅通道，所以我哋聽到 Arthur 把聲！」

「可惜，Arthur 嗰邊聽唔到我哋回應……」

「唔使怕，一定有方法嘅！！！」

認證可有利息收？

對股市投資者而言，派息是不可缺少的一部分（當然，如果你是一名投機者就例外了～）！一般上市公司全年對外公布業績至少兩次，包括全年業績和中期業績，如果派息，會在業績上公告，有部分穩定增長的企業，如滙控（0005）、恒生（0011）等，每年更會按季派息，以回饋給投資者。

對股票投資者來說，大部分都樂意收息，只要在除息日仍持有相關派息股票，便可在派發日收到利息，但持有窩輪或牛熊證的投資者，卻沒有收息的一份兒！不要以為正股派息，相關窩輪或牛熊證持有人也會收到利息，這是兩回事！窩輪和牛熊證都不可能收到股息的，這一點定必要留意。

而當相關資產宣告發放該年度股息和除息日時，對窩輪和牛熊證的持貨者會帶來甚麼影響？

實戰操作

大家或有疑問，相關正股除淨的話，計算上股價亦在除息當日扣除利息部分而下跌，這麼一來，持有的窩輪或牛熊證，豈不是肯定在除息日下挫？

在窩輪上來說，發行商在發行窩輪前，會根據相關正股預計的派息而釐定價格，除非突如其來的特別息超出預計之外，否則窩輪價格不會因為相關正股除息而調整。

牛熊證定價時和窩輪分別不大，除非正股的派息與發行商預期不一致，牛熊證的價格才會作出即時的調整。

還要提大家一點，在企業公布業績期間，一般股價會較波動，由於派息部分對證價有一定影響性，所以證價在正股業績公布期會較平日波動，投資者要盡量避免在正股業績公布期間購入，以免為正股在業績公布後股價的大幅波動而煩惱。

窩
輪
篇

4.8

Arthur 和 Stephy 離開了醫院，當晚，Arthur 始終沒有得到 Kim 的回應。

翌日，Kim 和 Finna 的失蹤進入了第三天。Stephy 早上收到了 Natalie 的短訊……

「總括來說，『引伸波幅』好大程度上是莊家出貨的藉詞之一，一方面推高『引伸波幅』，令散戶高位接貨，莊家從而輕鬆地在高位出貨，莊家手持的窩輪從高位派貨完畢後，便對散戶手持的窩輪愛理不理，舞弄引伸波幅獲利，除非發行商清楚道出評估『引伸波幅』的衡量方法，增加透明度，否則，投資者切勿單從『引伸波幅』的升跌而作入市基準……」Stephy 細讀一份筆記，然後問 Arthur：「呢份 notes 係咩嚟㗎？」

「係我同 Kim 當年一齊做嘅筆記，裡面有好多買賣窩輪嘅基本功。」Arthur 邊吃著早餐邊回應，手上拿著很陳舊的手寫筆記本。

「依家睇呢啲有用咩？係呢，Natalie 約我哋聽日去佢工作室見面。」 Stephy 不解。

「不如你都熟讀一下窩輪同牛熊證嘅操作概念先，可能會用得著。」說罷，Arthur 把筆記本遞給 Stephy。

「哦？」

「如果嗰份嚟自未來嘅報紙係真嘅話，曼效相信已開始波及整個金融市場……喺未有明顯嘅影響下，我同 Kim 當年嘅手抄稿，內容同技術一定係最原始同正確的，所以你一定要熟讀！」Arthur 邊飲咖啡邊說。

「唔……但琴晚我哋喺病房都搵唔到咩線索，真係令人擔心。」

Stephy 看著筆記本。

「我相信見一見嗰個大熱嘅 KOL，就會有更明確嘅答案。」Arthur 看似預測到甚麼似的。

不要盡信「引伸波幅」

有試過窩輪操作的朋友都有這個經驗，相關資產價格明明向上（或向下），持有的窩輪並不是太過價外，但其證價卻未有完全跟隨相關資產價格升跌，更甚是出現相關資產價格向上（或向下），但買入的認購（或認沽）證反方向而行，這是為甚麼呢？

一切可能是「引伸波幅」作怪！所謂「引伸波幅」，是發行商所訂出的窩輪數據之一，而這是牛熊證沒有的。「引伸波幅」是發行商供投資者所參考的資料，理論上「引伸波幅」上升，輪價理應上升，當大家都留意「引伸波幅」向上的時候，好自然就會想到這隻窩輪有機會升而買入；但實際上，「引伸波幅」由此至終都沒有一個明確的準則計法給投資者說明，只是發行商主導的數據，窩輪的價格有時落後於相關資產，莊家有時以「引伸波幅」較場外實際期權的「引伸波幅」數據為高的因由，拒絕為這隻窩輪出價，或故意把買入價格拉闊，但對於莊家以甚麼基準以衡量「引伸波幅」的高低？你懂的。

4.9

Kim 和 Finna 失蹤後的第三天，Stephy 收到了 Natalie 的短訊相約見面，這個時候，Arthur 並沒有再費煞思量去分析 Kim 在哪裡，反而很認真地找回過往和 Kim 一起研究窩輪時所寫下的手抄筆記，並叫 Stephy 由頭細看一遍，Arthur 的第七感告訴他，很快便會用得著這些傳統智慧。

時至下午……

「窩輪嘅『溢價』，就係『打和點』。」Stephy 望著厚厚的筆記，並細心研究每一個細節。

「你只要記住，溢價嘅高低，其實都係錯覺，當今無人會揸住一隻輪證去到尾，幾日嘅短炒，溢價嘅高低作用唔大。」Arthur身為投資部總監，論實力也屬高質的一群。

「唔……你哋當年都真喺幾勤力～」Stephy看著殘舊的筆記本，驚訝內容的確寫得十分詳細。

「當年嘛……」Arthur望著自己和Kim曾一起努力寫下的厚厚筆記本，心裡百般滋味。

窩輪的溢價和計算方式

簡單一點，「溢價」就是窩輪的相關資產、在一隻窩輪的最後交易日前、價格要升多少才到的打和點，即正股或指數要升（或跌）多少，才可回本。

這意味著溢價較低的窩輪，自然較易回本，但事實是否如此呢？才不是！

如果單以溢價高低去衡量一隻窩輪抵買與否，就是最錯的方式！因為大部分的窩輪投資者，都是短期操作的，很少會涉及持貨直至到期日，故溢價的意義，對短線操作沒有太大用處，以此去決定一隻窩輪買入與否，實在沒有必要。

溢價的計算方法如下：

溢價（認購證）=
［行使價 + (窩輪價格 x 換股比率) – 正股價格］
/ 正股價格 x 100%

溢價（認沽證) =
正股價 - ［行使價 - (窩輪價格 x 換股比率) – 正股價格］
/ 正股價格 x 100%

假設某中人壽的認購輪的行使價是 $25，而窩輪的參考價格是 $0.15，換股比率是 10:1， 正股價格是 $22，打和點怎樣計算呢？

溢價的計算 =
［25 + (0.15 x 10) – 22］ / 22 x 100% = 20.45%

打和點的計算 =
(0.15 x 10) + 25 = $26.5

以上，假如投資者現價入市，買入這隻中人壽窩輪至到期日，正股理論上要多升 20.45%，即至 $26.5，這隻窩輪才可達至打和點。

4.10

「當年嘛……當然唔係勤力啦，只係我哋喺窩輪嘅失敗經驗太多，經驗值多到可以寫成書啫！有一年，Kim 真係將每一役嘅慘況都寫低，佢總係講，失敗幾多次都唔緊要，最重要係每次之後都要有進步……」

「呢度有一份……」Stephy 翻開筆記一頁，這頁寫上了：「2015 年 Arthur 一次慘痛經歷」。

「2015 年？哦？估唔到 Kim 仍然不斷將我哋嘅經驗更新。」

來自筆記本上的其中一頁：

「2015 年，Arthur 準備登上投資總監一職，我實在為我這個老友高興萬分，他其實也是一個投資高手，只不過是賭性太強而敗罷了，論技術，他絕不在我之下。不知甚麼原因，Arthur 今日買了一隻時間值只有一個月的『末日輪』，而且更是重鎚出擊～我很驚訝！他為甚麼要這樣進取？只有一個月時間值的『末日輪』，要相關資產在一個月時間內，價格大幅上升（或下跌）才可以反敗為勝，這根本是賭博～」

「噢，咁最後嗰隻輪，你係賺定蝕呀？」Stephy 好奇地問。

「哈哈！好可惜，全蝕～呢啲就係貪心同好勝惹嘅禍～」

一仙輪蝕多過賺？

這是很有趣的一個想法，卻是很多新手的一個最常見錯誤，就是新手們總以為一隻價格已經跌至 $0.01 的窩輪，道理上是穩賺的！因為 $0.01 是一個最底的位置，再不可能有 $0.009 之類的價格出現了，所以只要買入一仙的股，他日哪怕是上升一格至 $0.011，都可有 10% 的利潤？

首先要知道，一隻窩輪的價格，為甚麼會跌至 $0.01 ？這是由於距離到期日尚餘很少時間，相關資產價格與窩輪條款上的行使價仍有好一段距離，窩輪到期日後便會變成廢紙（價格為零），故證價跌至 $0.01，這個時候，當你想賣出這隻窩輪時，便會發現買方根本無人出價（接貨），最後結果就是全蝕。

這是必然的道理，大部分人都不會去考慮博正股要在很短時間內急升 / 急跌吧？

那麼面對著要全蝕的高風險，去買入一仙的窩輪，又可有大賺的例子？

這倒是有的，一般發生於牛三或熊三的單邊市，例如車股比亞迪（01211）的股價曾經在 $46-50 游走好一段日子，當時大部分行使價超過 $55-60 的窩輪都隨著到期日迫近，證價跌至一仙，但 2017 年 9 月內車股因電動車受國策推動而爆升，比亞迪股價一口氣在很短時間內升至 $75 以上水平，該批早已打定輸數的一仙輪起死回生而大升！同一個例子，如舜宇（2382）都有發生過。

當然，這是單靠運氣，而大於實際技術的例子了。

牛熊證篇

Stephy用了一整個下午，回看當年Kim和Arthur研究窩輪而寫下的厚厚筆記。

「點解你哋嘅筆記入面，一直都偏重於窩輪，但牛熊證嘅notes就咁少？」Stephy發現了牛熊證提及的比例較少。

「咁都畀你發現！呢個就係我當日喺病房講，我哋都係炒窩輪為主，呢份notes就係最好嘅證明啦！」Arthur重提當日在Kim的病房內提到兩人以前買賣窩輪的事。

「嗯，從你哋嘅筆記睇得出，就知道以前你哋炒窩輪較多，有無咩原因較少去炒牛熊證呢？」Stephy追問。

「無咩，事實上，牛熊證比窩輪公平，窩輪有唔少條款限制，牛熊證反而無，贏就係贏，輸就係輸～好公平。」

「即係好似期指咁？」

「又唔可以咁講，收回價遠近的確會影響證價，但起碼比窩輪更容易操作。」

「睇嚟，Kim 嘅記憶真係受到曼德拉效應所影響，佢嘅記憶之中係同你炒牛熊證，而唔係窩輪。」Stephy 眉頭深鎖。

「唔……曼效係可能性之一，又或者……」

「哦？」

「又或者，當日嘅 Kim，其實係來自平行時空嘅另一個佢！？」

比窩輪較公平的遊戲

牛熊證是近年較新的投資產品，和窩輪形式一樣，都是以槓桿形式去倍大相關資產利潤的工具，務求達到本小利大的效果。

市場一般認為，牛熊證相對窩輪來說是較公平的工具，因為牛熊證沒有所謂的「引伸波幅」，且牛熊證理論上是百分百隨相關資產起跌的產品。

很多時候，窩輪受著種種發行條件影響，出現證價沒有跟隨相關資產升跌運作，這種情況則甚少在牛熊證上出現，唯一是投資者眼光一定要準確，買對方向的話，就可以倍大利潤。

4.12

時間步入黃昏。Arthur 的第七感告訴他，一切的謎可能從衍生市場而引發；Stephy 本身是一個很愛研究的女生，她花了一整日去讀回厚厚的筆記，投資知識也增進了不少。

「我終於知道你同 Kim 點解咁少炒牛熊啦～」忙了一整天，Stephy 準備了很豐富的晚餐，因為她知道可能會進入漫長的戰役，今天，盡可能輕鬆一點。

「你覺得係咩原因呢？」

「因為牛熊證有打靶位，當年你哋技術仲未熟練，牛熊證一到價，就會畀人打靶變廢紙，對於一啲技術未到家嘅投資者，其實同賭運無咩分別～明顯你同 Kim 唔係賭徒，所以當年你哋根本無把握出手買賣牛熊證～」Stephy 吃著那六成熟的牛柳說。

「嗯，世事都畀你看透了～哈哈……你都進步得好快呀，牛熊證真係要好有信心同把握先至可以出手～唔係初心投資者可輕易控制到！」Arthur 吃著白鱈魚，津津有味。

「你煮嘅嘢真係愈嚟愈好食！」Arthur 突如其來的一句，Stephy 顯得有點害羞。

「你喜歡嗎？」

「好喜歡……」

飯後。

「聽日同 Natalie 見面後，一切嘅謎就會自然解開！」

「你同佢都未見過面，點解咁肯定？」

「你無聽過咩？呢個就係——投資人嘅獨特觸覺！哈哈……」

（對嗎？ Kim ～）

牛熊證的打靶位

相比窩輪，牛熊證有著獨有的「打靶位」，即是一到價，便立即變廢紙，相對於窩輪的投資者，在一日未到期都有希望博反彈的心態完全不同。

這意味著，一旦買入牛熊證而看錯了方向，證價下跌如果失守止蝕位，要果斷執行，如果錯失止蝕位，要博反彈其實風險是極其高的。

即時打靶，當然會令投資者的壓力推至高峰，但所謂的「收回價」其實亦有著其好處！

牛熊證的投資者一般在控制注碼方面較窩輪投資者好，心態上的要求也較窩輪為高，由於少了賭博心態，專業的投資者一般會選擇牛熊證用作對沖工具。說實在一點，牛熊證要求的就是——投資者的眼光。

小結

- 事情開始白熱化，Kim 和 Finna 失蹤一事之謎，快將揭開！投資人獨特的觸覺，是否準確？
- Natalie 和她身旁的神秘男子真正身分是甚麼？
- 曼效和平行宇宙的關係，以及來自未來報紙上盛天金融的報道，是真的嗎？
- 你們對曼效看法又怎樣？曼效看來不知不覺已改變著我們……

第5章

「窩輪牛熊」致勝策略

更多「曼效」案例

傳聞……曼德拉效應的例子有很多，前文提及的「蔡楓華事件」、「甘迺迪事件」，以及「羅馬數字（IIII / IV）事件」，其實只是冰山一角！除此以外，還有以下好幾個改變，令人百思不得其解。

1. 著名朱古力「Kit-Kat」的本名

「Nestle」的「Kit-Kat」朱古力是一個人所共知的品牌，亦是伴著不少朋友成長的恩物，你可曾記得，這個品牌的名字是「Kit-Kat」，還是「KitKat」？中間有橫間的嗎？

今天，這品牌的朱古力，在任何地區上的包裝都印上「KitKat」，中間並沒有橫間，筆者的印象卻好像一直是有橫間的，不是「Kit-Kat」嗎？

2. 福士汽車（Volkswagen）的 logo

福士「Volkswagen」汽車是歐洲房車中的著名品牌，其 logo 遠看是英文字母 W，細看之下，為下面一個 W 字，上面一個 V 字所組成，兩個英文字中間有著一條空間。

有人說，在曼效未發生前，福士汽車的 logo 是一整個W，而非兩個英文字母組合的，中間固然沒有空隙了。有人說在電影《回到未來》的圖片上，當中福士汽車的 logo 就是W，有圖為證，並非今天的樣子，你的印象又如何呢？

3. 美國著名電影，是《Sex in the city》，還是《Sex and the city》？

八十後都會記得這套著名的美國電影，但片名是《Sex in the city》，還是《Sex and the city》？女主角叫 Kate Perry，還是 Katy Perry ？

無論你的記憶如何，總之，今天看到的是《Sex and the city》，而女主角叫 Katy Perry。

4. 台灣著名電影：《那些年，我們一起追（過）的女孩》？

當年「九把刀」的成名作《那些年，我們一起追過的女孩》，你記得片名嗎？有不少朋友都記得，明明就叫「那些年，我們一起追過的女孩」，並不是今天的《那些年，我們一起追的女孩》。

怎麼樣？這是單純我們的思維錯誤，還是曼德拉效應，以致平行時空上出現的錯配呢？這留待大家細想了。

總括而言，如果有一天，曼效出現在金融市場的話，世界肯定會大亂！

5.1

翌日，Arthur 和 Stephy 起程，前往 Natalie 位於灣仔的工作室。Natalie 的工作室位於一棟年事已高的唐樓內，並不特別起眼，附近周邊夾雜著新樓和商業大樓，有著一新一舊的強烈對比。

Arthur 的座駕停在道路旁，下車後，他隨意向上望了一眼這棟灰白色外牆的唐樓，發現其中一層單位的窗戶，有一名穿著黑色洋裙的女性，從窗戶一直盯著他們，並用手勢示意他們上去。

「真係奇怪呢～」Arthur 向著那單位說。

「咩事？」Stephy 不以為然。

「上去先啦，佢已經知我哋到咗啦！」

「呼～呼～ 6 樓 B 室，係呢度啦。」唐樓並沒有電梯，Stephy 和 Arthur 一口氣走上六樓後，也開始氣喘了。

「門無鎖，請入嚟～」大門並沒有上鎖，室內傳來了一把女性聲音。

Arthur 和 Stephy 深呼吸一口氣，推門而進。出奇地，室內的格局並沒有想像中詭異，反而給人一種充滿溫暖的格調，眼前以藍白色為主調的裝潢，實木傢具和精緻的布藝梳化，簡約而滲透出地中海小白屋的感覺。

「請問……」Stephy 見內裡四周無人，硬著頭皮向空氣問。

「我哋喺房，你直接入嚟就係啦。」剛才的女聲從房內傳出。

房間位於走廊的末端，房門並沒有鎖上。Stephy 有點膽怯，緊緊跟隨著 Arthur 的背後。

「Arthur ～你終於嚟啦！」眼前透出了兩個人影。

「呃！你係……」Stephy 和 Arthur 定神一看，流露出驚訝的表情。

牛熊證的買賣之道

牛熊證的回收機制，令投資者持貨時充滿戒心，有甚麼狀況可留意把握？

・市場呈單邊方向

當進入牛市（或熊市）的時候，市場呈單邊方向而行，雖說牛三 / 熊三浪中亦不乏較大的回吐浪，但整體上較容易操作，有時更出現連續幾日升市（或跌市）的現象，在這個時候用牛證（或熊證）去捕捉穩定的升（或跌）勢是最理想的，因為相關正股出現反方向的機會較低，就算不幸出現大浪中的小浪波幅，其跌（升）勢不會出現得很急，持牛熊證朋友也可及時走貨。

・較進取的收回價

此外，由於單邊市多呈較清晰的方向，所以可選擇一些收回價較進取的牛熊證。

就指數牛熊證來說，以相關指數 1,500-2,000 點作收回價範圍以外的牛熊證便安全，在大升（或大跌）市勢頭中，以恒指為例，很少會在一個牛（或熊）市中單日出現過千點轉向，因此單日即時打靶的機會較低。除此以外，在牛（或熊）大浪中，有 2,000 點作防守位，已經相當足夠。

5.2

「點解咁嘅……！？」

「Kim、Finna，你哋點解喺度？！」

「你哋無咩事嗎？」

Arthur 和 Stephy 推開房門，出現於眼前的人影，就是 Kim 和 Finna ！

「Arthur，你終於嚟啦～」只見 Kim 的口形，卻不聽見其聲。

「Kim、Finna ！發生咩事！？點解你哋會……」Stephy 和 Arthur 試圖上前抱緊他們。

「哎～～～～」當 Arthur 的手觸碰到 Kim 後，奇怪的事情發生了，Kim 和 Finna 的形態漸漸失去顏色，繼而轉變成透明，再度消失於空氣中。

「喂！ Finna ！ Kim ！」兩人同時向著空氣大呼！

「出現喺你哋眼前嘅，並唔係真實嘅……」這時候，Natalie 和謎之少年從房門外步入。

「Natalie，究竟發生咩事？！」Stephy 問。

「嘰、嘰、嘰……」神秘少年又發出了怪異的笑聲。

「唔好急，等我慢慢話畀你哋知發生咩事啦～請坐。」Natalie 示意。

「我哋嘅身分，係時空警察，來自未來嘅時空。對你哋嚟講，可能有啲天馬行空，但未來世界一切都已經轉變緊，呢個係千真萬確嘅事實。你哋依家嘅認知上面，或者仲未意識到時空呢回事，所以，我哋特意透過曼效，幫你哋啟發思想。我同 Natalie 從未來返到呢個時空嘅原因，一切都係為咗阻止 Kim！我哋要將盛天金融上市嘅計劃完全觸礁，呢個就係我哋嘅目的。」神秘少年除下了黑色長斗篷說。

「先假設我對你倆嘅身分無懷疑，但點解你哋要拖垮盛天金融呢？」Stephy 和 Arthur 慢慢從沙發坐下，向神秘少年發問。

「今年係 2020 年，即係時光機發明嘅一年！從呢一年開始，一切產生咗無窮嘅變化，人類可以往返穿越時空，就正正因為咁，從 2020 年開始，就進入咗『新紀元』，未來會因為時光機而產生無盡嘅平行宇宙。」Natalie 試圖向他們解釋。

「而未來，我哋時空警察嘅任務，就係將一切會徹底破壞未來嘅因由搵出。如果嚴重嘅話，我哋獲授權之後就可以返到過去，將邪惡根源連根拔起，阻止未來產生絕望性嘅平行宇宙。」神秘少年說。

「你嘅意思即係？」

「喺不久嘅將來，無數人會因為盛天金融嘅出現，而進入咗一個黑暗嘅年代……負面情緒急增，無數絕望嘅平行宇宙不斷因為盛天金融而產生，未來嘅盛天金融，徹底將股民推去一個萬劫不復嘅深淵……將一切傳統嘅金融智慧，進行洗腦式嘅破壞！我哋就係要阻止盛天金融上市呢個最原始嘅根源。」神秘少年續說。

「但……咁並唔似係 Kim 嘅風格？！」Arthur 仍覺得半信半疑。

「時光機嘅出現，令時空出現分裂，繼而產生曼德拉效應……你哋應該已經發覺，某啲事物已經突然同舊有嘅認知唔一樣啩？」怪不得是 Natalie，對曼效顯得多麼的專業。

「無錯……」

「Kim 嘅記憶亦都出現咗曼效⋯⋯根據我哋未來嘅資料，Kim 從根本嘅認知上出現咗錯誤，未來嘅佢，成為咗一個瘋狂嘅賺錢機器！喺未來，盛天金融不斷叫散戶追貨買賣，盛天金融嘅信徒，甚至盲目到明知牛皮市，都不斷追入窩輪同牛熊證，消耗時間值等基本因素都唔會理會，佢哋只會緊緊追隨教主（即 Kim）嘅指標，最終⋯⋯」

時空警察從薄得像紙一般的電腦上，把資料讀出，看來這部電腦是來自未來的產物之一。

無數的散戶，因此而血本無歸⋯⋯

如何在牛皮市作出投資？

事實上，牛皮市最好還是不要出擊，但總有朋友希望以小博大去賺錢，這也無可厚非。

・不要選擇牛熊證

如果一定要出擊的話，在牛皮市請不要選擇牛熊證，還是只考慮窩輪好了。因為相關資產如方向不明，淡友或好友在僵持下，升和跌出現的機會率是一樣的，在這個時候，如果選擇有收回機制的牛熊證去博，是不合適的做法，因為方向一旦不似預期，來不及止蝕或會遭到全殺之苦，風險相對就比窩輪高了。

・最好還是休息一下

在筆者的投資經驗中，勉強入市的話，通常都不會有好結果的！窩輪或牛熊證更甚，波動性相對較正股大，一旦看錯邊，要翻身的難度，以及需要的運氣比正股更多，如果你自問不是一個幸運的人，牛皮市況或相關正股股價方向待變時，還是遠離窩輪和牛熊證市場較好。

5.3

新紀元 Y 年（202X 年）……

「聽我講！入牛證啦！」屏幕前出現了盛天金融主席——Kim 的影像。

「我建議你哋，全數傾向牛證就得啦！依家市況係只升唔跌！唔好問，只要信！開始啦！」這是盛天金融主席 Kim 的投資指引。

盛天金融公布最新的投資策略後，散戶一窩蜂把資金瘋狂搶牛證，全因為「教主」——Kim 所預測「恒指只升不跌」的言論。

「流入牛證嘅資金愈多，代表市場一面倒看好～」經濟分析員程大師，在大眾電波評價股市分析。

「係時候啦。」Kim 身旁的，就是未來的 Finna。

「嗯～推幾個壞消息出去！呢班傻瓜已經一面倒押向牛證啦～」

「哼哼～利潤真係豐厚！」

「哈哈哈！！！」

留意大市資金方向

現今資訊既然這麼發達，我們一定要好好利用互聯網帶來的方便，想知道市場上的資金流向，其實打開發行商的網頁，或報價系統的網頁，都可以查看得到相關資訊。

市場的資金流向，意味著散戶的心態，牛熊的比例就是散戶看後市（或正股股價）升或跌的心態，從而我們可計算到大市升或跌的方向。

資金傾向一方的話，照理價格就會向上，以恒指來說，多數人傾向買貨而非沽貨，指數上升的比率一定大過下跌，惟這套理論，可以百分百用於窩輪或牛熊證市場嗎？

時光機的出現，令時空產生扭曲，從而產生無數個平行時空；在某個平行時空的未來，出現了一個變了質的 Kim，他利用散戶對盛天金融的信賴，以及用認證、牛熊證市場去操控散戶的心態，從中殺取散戶的血汗金錢！在未來，時空警察的任務，就是阻止邪惡的宇宙誕生，從而回到過去，把一切根源徹底斬斷……

「到目前為止，我都未完全肯定你哋所講嘅真假。未來嘅盛天金融，會借助窩輪同牛熊證喺市場上嘅波動，再利用散戶貪婪嘅心態，待累積一定數目後，就殺散戶一個措手不及？」Arthur 向時空警察投了一個懷疑的眼神。

「你哋信又好，唔信又好，事實就係咁。而今次，我哋係好需要你哋嘅幫助！」Natalie 沒好氣地說。

「我哋？我哋點樣可以幫到你？即使你哋真係嚟自未來，斷估都唔可以為所欲為，將呢個時空嘅 Kim 同 Finna 都捉走啩？」Arthur 追問。

「呢個我可以好肯定答你，唔會！我哋係執法者，唔係犯罪者！呢點你需要明白。」時空警察投了一個正義的眼光。

「咁樣，我所認知嘅 Kim 同 Finna，究竟喺邊？」

「佢哋比我哋挾咗入時空裂縫，喺一個無人嘅空間裡面。」

「點解要咁做？你打算將佢哋永遠挾喺時空裂縫裡面？？？咁樣盛天金融就肯定唔能夠上市？」Stephy 的推測，究竟是否正確？

市場「殺牛宰熊」之論

相信大家都有聽過向上「殺熊倉」或向下「殺牛倉」吧？

之前提到，資金流向反映著散戶的心態，而發行商的網頁會清楚列明市場上的牛熊比例，資金一面倒傾向牛證或熊證，理論上是升 / 跌的預示，惟這套理論只合適於正股上。

切記，一旦踏進窩輪或牛熊證市場，你就是和莊家對賭！資金一面倒傾向一方，就好比賭場的大細枱中，連開幾鋪大（或小），賭客的資金全數押向一方的時候，通常結果是甚麼？

不清楚的話，你去一轉葡京便知道了！

5.5

「我哋要借助你兩個嘅力量⋯⋯」

「我哋？點解！？」

「我哋要將呢段時空嘅始作俑者——Kim 同 Finna 暫時封印。但請你哋放心，我哋係執法者，唔係殺人犯，我哋只係執行未來嘅法律，只係你哋喺認知上仲未了解啫。」

「咁我同 Stephy，點樣先可以幫助你哋？」Arthur 問。

「你嘅投資功力唔比 Kim 弱，我哋好清楚呢一點，要阻止未來嘅 Kim，同時要阻止邪惡嘅盛天金融去操控市場⋯⋯我哋已經獲授權，帶你倆去新紀元 Y 年，即係盛天金融上市後嘅第三年！呢一年，Kim 開始大展身手，佢以完美嘅操作同獨到嘅分析，令散戶如癡如醉⋯⋯結果一步一步，釀成往後嘅大災難！」時空警察向其展示未來的授權卡。

「實在係太⋯⋯匪夷所思⋯⋯」Arthur 和 Stephy 同聲回應。

「但係⋯⋯如果我哋失敗咗會點？」Stephy 追問。

「最壞嘅情況下，同你哋估計一樣，我哋會將呢個時空嘅 Kim

同 Finna，永久封印喺時間裂縫裡面，阻止盛天金融上市！」時空警察很認真和堅決地回應。

「……」

在別無選擇的情況下，Arthur 和 Stephy 終於答允了時空警察的建議。

＊＊＊

新紀元 Y 年，盛天金融大樓內……

「散戶嘅持貨比率已經高達 90% 以上！所有嘅騰訊牛證，call 輪嘅街貨量，都超過九成！哈哈……咁嘅話……」Finna 向著 Kim 說。

「窩輪同牛熊證嘅商家，會為咗避免蝕大錢，於是就要被迫拋出正股做對沖！」Kim 單手托腮，沉思著。

「呢個唔難理解，牛熊證嘅發行商並唔係善堂，散戶一窩蜂去買騰訊牛證，如果正股價格只升唔跌，輪商咪會一直賠錢？賺錢冇咁容易罷 ~」Finna 雙腿交叉，坐在沙發上。

「無錯～好快！輪商一定會極速沽出騰訊正股，令正股股價急挫，上演一場『殺牛記』！哼！」Kim 的笑聲顯得異常冰冷。

「盛天金融只需要一邊維持騰訊嘅買入評級，重點推介貼價牛證，另一邊我哋大手沽空騰訊正股！時機一到，輪商做嘢，我哋就可以獲利啦！」Finna 同時流露出奸險的微笑。

「Absolutely!」

新紀元 Y 年 9 月 12 日……

騰訊的股價，創出合併後的新高，隨即轉而倒跌，並單日下挫了 $30 ！證券人士程大師估計，騰訊的短期股價升得過急，觸發技術性沽盤所致，大量貼價牛證觸發收回價而死亡，按資料顯示，下一區牛證重貨區，其相距收回價只有 $30，道指期貨顯示，美國稱或有意發射導彈而震散股市，道期下跌 400 點。

70：30 的牛熊比例警戒

前文提到，大戶的「殺牛宰熊」之說，當牛熊證佔大市的成交金額大幅上升時，便很有機會將會上演一場「殺牛記」或「殺熊記」！這是筆者的個人經驗，牛熊證的分布比例，如果在 7 對 3 的時候，即牛證佔市場 70%，熊證佔市場 30% 的時候（或牛熊呈相反比例），意味市場的散戶對前景是傾向一面倒的樂觀或悲觀；而往往在這種時候，市場的氣氛就會出現逆轉，來一個向上殺熊倉，或向下殺牛倉的現象！也不知是巧合還是怎樣，牛熊重倉一旦被殺，市況便可回穩。

5.6

新紀元 Y 年……

Arthur 和 Stephy 在時空警察的帶領下，終於來到了未來時空。

「我有一個疑問，喺呢一個未來嘅時空，係唔係都有我哋嘅存在？」Stephy 任何時候都有著很強的求知慾。

「嗯，但喺你哋嚟到之前，我哋同樣已經將佢哋暫時封印住，事情解決後就會解封，而佢哋亦都唔會有被封印時嘅記憶。」Natalie 好像化身成了導遊一樣。

「唔……呢個就係未來，同我哋嘅時空相距只係幾年之後……」Stephy 好奇地細看。

「一切睇嚟無咩變化咁，我都仲係比較關心未來嘅樓價發展，哈哈……」Arthur 的老本性。

「對唔住，呢段時間你哋睇到嘅未來，同埋往後一切嘅發展，都會喺今次事件解決後，從你哋嘅記憶抹掉。所以當你哋返去自己嘅時空之後，就唔會有今次穿越嘅記憶。」Natalie 很認真地解釋。

「吓！咁咪好似當年套荷李活電影一樣～」Arthur突然腦海一閃。

「MIB……」Stephy很快就聯想到。

「哈哈……唔知點解，好多電影嘅橋段往往都會成真～就好似卡通片《阿森一族》，廿幾年前就預言咗特朗普會做美國總統咁！係呢？唔知道呢個時空嘅美國，特朗普會唔會依然係總統？」Arthur打趣地問。

「……」時空警察無視他們。

「睇嚟我哋問多咗啦～」

「到啦！前面就係盛天金融。Arthur，喺呢個時空，Kim唯一無變嘅，就係依然好信任你，佢委聘你成為盛天嘅技術總監。而我哋亦都已經預先安排好一個帳戶畀你，方便你行事，而你嘅目標就係破壞散戶對盛天嘅崇拜，咁樣散戶就唔會因為盛天，而好似著晒魔咁，瘋狂炒賣。」Natalie向著四處張望的Arthur說。

「唔……但咁做嘅話，我咪即係等同將盛天摧毀咩？」Arthur有點猶豫。

「唔係，盛天喺未來依然會存在！只要你能夠將走上歪路嘅Kim重返正道！咁樣，未來因為盛天而產生嘅平行時空，先會有良好嘅發展。」

「我大概明白啦。」

「出發吧！」

＊＊＊

數小時後，Kim 和 Finna 在盛天金融頂層。

「睇吓！資金不斷由騰訊沽出！班散戶嘅牛證逐一被沒收！」

「非常精彩！」

「哦？」

「做咩呀？」

「騰訊嘅股價唔知點解，低位有大量資金掃緊貨……股價急速止跌回穩！」Finna 和 Kim 眉頭深鎖，有著不知何故的不安感。

十五分鐘後……

「止蝕……」Kim 向 Finna 發出沽貨的指令。

「將我哋嘅沽空盤全數拋出止蝕！同時我哋所買嘅熊證貨，都一樣止蝕啦。」

「但股價啱啱先止跌回升，咁快就止蝕熊證，會唔會太急呢？」Finna 向 Kim 提示。

「牛 / 熊證一唔對路就要止蝕，呢個係基本之道！你唔記得嗱，Finna ？」的確，Finna 的投資技巧，全數由 Kim 親自傳授的，曾經，他們未成為情侶之前，有著師徒的關係。

「嗯。」Finna 作出了止蝕的動作。

當日收市，騰訊的股價創下一個月的新低點後，隨即有買盤承接而大幅反彈，出現 V 型的單日轉向，倒升 $15 收市。牛證的散戶被殺掉牛倉後，熊證的持倉者同樣被回馬槍所殺！

「究竟，邊個喺低位掃入正股，同我哋對著幹⋯⋯？」Kim 腦海中不斷產生這個疑問。

止蝕要果斷

無論你認為自己在股票或認證上有多麼專業，甚至多麼了得都好，你總會有眼光失準的時候。買正股時，你或許可以按著不同策略，把止蝕位定放在不同的位置；但筆者可以非常肯定告訴大家，在窩輪或牛熊證上，請緊記訂下一個明確的止蝕位，並嚴格令自己果斷執行！

世上沒有投資者可以做到只賺不蝕的，股神巴菲特都有坐貨的時候！止蝕這個動作在認證上是第一戒條，特別對於有收回價的牛熊證而言，就要更加嚴格遵守，切勿以博一博的心態等反彈，這樣你的蝕幅只會愈來愈大！

「留得青山在，哪怕沒柴燒」！筆者一向定下窩輪、牛熊證一旦跌穿 20% 的跌幅便果斷止蝕，當然，視自己能夠承受的風險而定，只要看準時機，20% 的蝕幅是可以用另一隻股票或認證追回來的；惟如果愈蝕愈多，至 50% 以上的蝕幅，要追回一部分已有一定難度，且更不要說轉蝕為賺了！當然，運氣好是有可能的，但這等如賭運氣罷了。

「查到邊個喺低位掃貨未？」坐在大班椅上而眉頭深鎖的 Kim 向著 Finna 問。

「未，但資料顯示，剛才掃盤嘅電腦伺服器，係嚟自我哋盛天金融……」Finna 手握一定資料。

「咩話！？」Kim 感到難以相信。

「換句話說，係我哋自己人掃貨……」Finna 回答。

「……能夠有咁樣嘅眼光，喺適當嘅時機出手，又喺低位撈貨嘅……」Kim 的心裡已有答案。

＊＊＊

盛天金融，七樓投資部……

「止賺啦～已經賺夠～咁樣，我哋已經有足夠本金同 Kim 抗衡！」Arthur 和 Stephy 坐在電腦前，由於同樣是 Arthur 本人，投資部的員工，根本沒有人對他的身分有著任何懷疑。

「經過我哋將騰訊股價推至 V 形反彈後，投資氣氛應該會改變，股價仲有排升，我哋應該唔洗咁快沽出認購證獲利啩？」Stephy 早前鑽研了一整晚過往 Kim 和 Arthur 記下來的 notes。

「止賺呢，係一門藝術，大多數嘅散戶就只識止蝕，但唔識去止賺，你明知道價格由低位已經大幅反彈，點解唔去止賺！？鎖利後，錢先至係真正入袋～呢一點對初心者嚟講，的確係幾難掌握～」Arthur 見 Stephy 求知慾旺盛，便為她作出詳細解釋。

「唔……」Stephy 領悟能力的確不俗。

「嚟啦～將所有嘅認購證沽出，止賺獲利！之後我哋再睇定出擊～咁樣先可以戰無不勝！」

「明白……」

咯、咯、咯……（敲門聲）

「Arthur，我想同你傾兩句～」

屬於這個時代的 Kim，終於與來自過去的 Arthur 交手……

止賺的藝術

懂得止蝕是成功的一半，那麼另外的一半呢？這取決於你懂得止賺或否。

要懂得收手，是一個極具關鍵的課題。大部分人面對著止蝕的時候可以面不改容，但在上升的勢頭中，要收手止賺，比登天還要難！這是典型的人性問題，所有人（包括筆者）都是貪婪的，投資總是想有最大的利潤，再多一點點便好了！認證的風險和利潤，都是槓桿式的，利潤可以來得很急速！止賺需要鼓起無比的勇氣！而更不幸的是，你仍要面對在沽出止賺後，證價仍可能有一成或二成，甚至更多的升幅，眼白白看著利潤流失的矛盾。

無論如何，錢終究要進入你的銀行戶口，才是你的財富！懂得在某一個位置止賺，你只是少賺了，但錢是真正走進了你的戶口中。

更重要的是，你是把往後的種種，例如高位回落、市況逆轉等風險堵截了！這不單是財富的正增長，而且套回來的資金，更可以待下一次適當的時機，再次出擊！

從過往的經驗中，不少朋友都不明白止賺的重要，認證的升幅很快很急，貪婪的心態令他們不肯放手，結果到頭來，相關資產價格回吐，壞消息令他們最後由賺變蝕！這些從賺而變蝕錢的案例，多不勝數！

5.8

「呢位係？……」Kim 推門而入。

「佢係 Stephy，Kim 你唔識佢咩？」Arthur 面對著這個時空的 Kim，感到很不自然，同時他很驚訝，Kim 竟然不認識 Stephy。

「Stephy ？好似無聽你提起過？……係你嘅新女友？你成日轉女友，我點記得咁多呀，哈哈……但點解佢又會喺我哋盛天？不過算啦～」平行宇宙中，不論事物和景物都可能大致相同，但也存在差異，明顯這個時空，Stephy 並沒有或未有闖進 Arthur 的生命中。

「……」氣氛變得有點尷尬。

「初次見面，Stephy 你好，我係 Kim，Arthur 嘅中學同學兼老死～」

「……嗯，Kim……我聽 Arthur 提起過～」Stephy 假裝配合。

「我同佢多次出生入死，我最信任嘅人，就係 Arthur 啦！哈哈，仲記唔記得，我哋當年用牛熊證，每日目標賺 $1,000 ？賺夠就收手！每日都係咁～結果係點？」說罷，Kim 從容地坐在

Arthur 前面。

「結果，我哋有半年以上，每月比起其他人多賺 3 萬蚊！」Arthur 毫不猶豫地回答。

「哈哈哈，你仲記得，嗰陣其他人嘅人工得萬幾 2 萬蚊，我哋就 5 萬收入了～」

Arthur 心想：雖然他並不是同一時空所認識的 Kim，但感覺仍是多麼的熟悉……

「就係咁，我哋兩兄弟打下嘅江山，直到今日嘅盛天金融！無 Arthur，就無我！」Kim 拍一拍 Arthur 的膊頭。

「Kim……」

「但係 Stephy，你知道嘛……如果畀自己視如兄弟嘅朋友出賣，嗰種感覺，係何等嘅痛苦！？」說罷，Kim 的眼神變得非常凌厲。

「……」

即日鮮：$1,000/ 日賺夠收手

$1,000 元的利潤，可能對很多人來說，只是微不足道，特別是以槓桿式獲利的窩輪或牛熊證來說……更是無可能之事，但筆者在這方面見解和很多人都不同，請不要看輕這 $1,000 的利潤，因為在一整個月中，可以進行交易的日子約有 21-23 日，假設你有能力穩定地一日賺取 $1,000 的利潤，一個月就可以有超過 $20,000 的收入了！

5.9

「Stephy～好高興認識你，但請你先出去一陣比較好，因為我同 Arthur 有件重要嘅事要商討。」Kim 的眼神開始轉為認真 mode。

「嗯，我明白啦。」Stephy 識趣地離開。

「哎～係啦，你可以上公司嘅十二樓，嗰度係 canteen。我諗你第一次嚟呢度，應該仲未知去邊好呢～哈哈。」事實上，不止 Stephy，就連 Arthur 都不清楚，因為在他們的時空，盛天金融仍只是計劃上市的階段。

「呢位係 Finna，係我嘅私人秘書，佢會帶你上去；佢同時係我女朋友，兼盛天金融嘅董事。」Kim 補上介紹；Arthur 心想，幸好這和他的認知沒太大差異。

「OK。」說罷，Stephy 離開了房間。

此時房裡只餘下 Kim 和 Arthur 二人，空氣開始變得僵硬，氣氛有點不尋常。

「咩事呀老友……」Arthur 試著開口。

「你呢個反骨仔！」說罷，Kim 的右手已發出強勁的右直拳。

「Kim ！停手呀！」Arthur 來不及反應，食個正著。

「點解你要背叛我？枉我當你係兄弟！低位撈貨係你吧！？點解你要咁做？你好鍾意錢咩！？」

「放手！我咁做唔係為咗錢！而係為咗你！！」

「為咗我！？」

即日鮮：恒指的 250 點波幅

牛皮市並不合適買入窩輪和牛熊證，我們應捕捉更大波幅的上落市，在很多個交易日中，波幅有著 250 點上落的可不少，以 250 點子作為購入牛熊證或沽出的指標，是筆者常以引用的心得。

選擇一些較貼價的牛熊證，以賺取 150 點子作目標，當指數下挫至 250 點子時，目標放於指數反彈至 100 點或以內，便可沽出止賺，為甚麼是 250 點呢？

據過往的經驗，普通（沒有明顯重大利好或利淡消息）的上落市中，累積了好一段跌幅或升幅後，必會迎來技術性買盤或沽盤，這時升幅或跌幅便會因而收窄，由 250 點收窄至 100 點，或上升 250 點時回吐至 100 多點子，是常會出現的事。較貼價的認證，150 點子的波幅便足以賺取 $500-1,000 元的利潤，整個交易日中，只集中操作一次或兩次便可以了。

有一點請記得，由一個下跌市而逆轉為升市是較難的，即我們常說的V形反彈，但如果我們只集中賺取指數收窄中的利潤，風險便可大大降低。

5.10

Kim 的右直拳直接命中 Arthur 的面部，二人在房間產生混亂的嘈吵聲，但所有人都知道，Kim 和 Arthur 是盛天金融的兩大高層，所以大家都假裝若無其事，不敢多言。

「Kim ！聽我講～收手啦，唔好愈走愈歪～我相信你嘅本質，唔好利用盛天，將散戶推向陷阱啊！」

「我做任何事都只係為咗公司！係我哋兩兄弟辛苦建立嘅盛天啊！」

「荒謬！咁樣唔代表你可以設局引散戶落坑啊！」

「你肯定唔係 Arthur ！ Arthur 係唔會背叛我嘅！以前我哋一齊炒即日鮮！一齊炒區間！一齊建立第一桶金！今日你竟然……」

「看招！」Arthur 出手了，其出拳力度不比剛才受的右直拳弱。

「哎……」Kim 眼前一黑，昏倒過去。

＊＊＊

2012 年……

「Arthur ！呢五隻股，我已經加入監察表，過往三個月內嘅走勢，上下波幅等等，都有記錄低，日後單炒呢五隻股嘅區間就足夠！」

「哈哈！股唔使多，精選幾隻去研究就可以！好啦！呢五隻股嘅過往區間同走勢已經大約知道，就買呢五隻股嘅相關牛熊啦！有無異議？」Arthur 磨拳擦掌。

「Sure ！操盤我最拿手～哈哈……」

「睇你啦，Kim ！」兩兄弟互相擊掌！

即日鮮：選取熟悉正股的區間

窩輪、牛熊證的優點，可謂集期指和實股於一身，因為我們可以炒恒指點數之餘，也可以像一般實股買賣中獲利，而所需投放的金額又較少。

以相關資產為實股作目標入市炒即日鮮，先要熟悉相關正股的股價波幅和走勢，這個不難可以做到，市場上有很多正價股票都有相關窩輪、牛熊證，我們要選擇自己熟悉走勢的正股去操作，例如你熟悉騰訊（0700）的股價區間由 $342-362 炒上落多時，你便去選擇貼近行使價的證，到區間底時買入，要每日賺取數百至千元作目標，一點也不困難。

騰訊是一個好例子，關鍵在於選取正股波幅較大的股票，即日鮮操作才更加容易。

5.11

翌日，Kim 好不容易恢復過來，怒火也隨著昏倒醒來而熄滅了，兩個男人終於平心靜氣地坐下來。

「傻的嗎？你話你係由過去而嚟嘅 Arthur ？」

「嗯，雖然我唔屬於你呢個時空，但我係要嚟阻止你變質嘅！」

「你究竟想點？想搞垮我哋嘅盛天金融？」

「唔係！喺任何時空，我同你都係好兄弟，呢一點無論如何都唔會改變！」Arthur 這一句，令 Kim 大為感動。

「……」

「如果，你真係嚟自過去……Arthur，你應該唔會忘記，我哋係點樣建立第一桶金，你就好應該會明白我咁做，都係想盛天金融喺金融界入面屹立不倒啫！」Kim 說出心中想法。

「你咁樣利用散戶嘅心態，並唔係我所熟悉嘅你，股神 Kim 係唔會咁做嘅！」Arthur 狠狠地回應。

「散戶，往往犯下同樣嘅錯誤，每日都機械式去操作買賣，諗住執幾格就走人，但到輸掉幾格嘅時候，總係選擇坐艇而唔會選擇止蝕……呢種根本就係人性嘅表現，並唔係我賺蝕嘅問題！」Kim 確實所言非虛。

「……當年，我哋能夠炒作區間，呢種模式足足維持咗大半年，最後能夠賺埋第一桶金，係因為我哋花咗唔少時間，立心鑽研幾隻股，統計咗半年以上每日嘅走勢，計算到高低位同支持位，我哋花咗唔少心機同努力，先有第一桶金！但你睇下，今時今日嘅散戶又點呀？都係見升買升，見跌買跌，佢哋根本唔配擁有任何利潤呀！」Kim 的魔性開始爆發了。

「Kim……」Arthur 明白，其實這個時空的 Kim，也有情感的一面，這樣令他更加為難了。

即日鮮：機械式操作須知

很多人以每日幾個價位去操作，能夠賺取一定的月入，每天如機械式的操作去炒賣，這要做到並不容易，也不會很輕鬆，但仍算是一個有效的方法，風險也有限。

以數個價位去定勝負的方式，關鍵是選擇一些價格較低的證，以價值 $0.25 或以下的證是最好的，價格於 $0.25 以上的證，每一口的價錢上落為 $0.05，相對風險提高了，而 $0.25 以下的證上落的價位波幅維持於 $0.01，以窩輪、牛熊證的波幅，要賺幾個位的上落不是難事。

即假設購入一隻牛熊證，其價格於 $0.105，投資者看準時間以低位入手，便即日以高位排價沽貨，如果投資者可以成功於價格 $0.111 或以上即日沽貨，所得的利潤可計算為（$0.111-$0.105 = $0.006）六個差價，當中未有計算的手續費，以大約六個價位中之其三左右。

關鍵在於抵受利潤正在上升時能否有及時止賺的能耐，同時也要顧及手續費和交易費用，要小心「贏埋唔夠輸」的陷阱，所以機械式操作其實風險比「捕捉而入」還高，筆者建議還是不要採用了。

「無論你係嚟自過去定係未來，你都係 Arthur ！你一定會明白我，呢班散戶，係要狠狠被教訓過先會醒㗎！」Kim 狠狠地說。

「Kim ！我哋唔係神！雖然我哋唔能夠阻止散戶嘅想法……但我哋至少唔可以火上加油呀！」Arthur 語重心長地說。

「……」

「唔通你已經唔記得，我同你當初都係散戶之一，我哋都畀大戶戲弄過咩？你記得嘛？」

「……」

「我哋作出過好大努力先有今時今日嘅成績，你點解會變成同當日嘅大戶一樣，攻擊一眾無知嘅散戶！？」

「Arthur……」Arthur的言語，對Kim來說是最有效的藥力，「不過一切已經太遲啦，我已經喺盛天金融嘅推介版上，叫佢哋瘋狂加倉啦～哈哈……」

「Kim ！！！！」

大市突破高位創新高，並推上 38,000 點水平，午後傳出盛天金融主席公開評論股市現況，並認為股市只升不跌，散戶們再一次瘋狂買重牛倉。

即日鮮：炒輪 / 證要順勢

「炒股要順勢！」這一句老前輩的格言，一直都是炒股的座右銘。炒正股如是，炒賣窩輪、牛熊更用得著！特別在大牛市或大熊市中，順勢而行更是金石良言！

筆者過往經驗，在恒指一個上升週期或下跌週期中，上下波幅計算大約 800-1,200 點作區間，假如一個上升 / 下跌的勢頭確認，其格局便會以大漲小回之局運行，整體來說，以一浪高於一浪去運行，因此在一個已確認上升 / 下跌的勢頭中，千萬不要輕言博反彈或造淡，順勢而行，可以較輕易去賺錢；逆市而行，風險會更高。

5.13

「Kim 收手啦！你要返回正軌，我一直認識嘅你並唔係咁！」

「Arthur ～我哋一直以嚟都係最好嘅兄弟嘛？」

「毫無疑問！喺任何時空，你都係我最要好嘅兄弟！」Arthur 向 Kim 投放堅定不移的眼神。

「哈哈哈……咁我哋嚟一個對決吧～假如你能夠贏我嘅話，我就嘗試聽你講……相反，假如我贏你嘅話，你同你女朋友就要返去屬於你哋嘅時空，唔好再騷擾同阻止我……」

「哈，就好似我哋喺中學時代，以街霸決勝咁樣？」

「我從來都好樂意同你較量～」

「好！想點樣決勝？」

「以一週五個交易日為限，啱啱今日滙控（0005）公布業績，我哋就各自運用 $2,000 萬本金，賺得最多嘅就勝出，OK？」心水清的 Kim，早已知道 Arthur 從低位撈入騰訊，已大賺一筆。

「嚟啦，Kim ！一言為定～」

9:15am，恒指早市競價時段。

決戰房間內，只見 Kim 和 Finna 已在等候，Arthur 和 Stephy 一起步進。

「感覺真係好特別，明明大家都係老朋友……不過，我哋呢個時空，並無出現過 Stephy ～哈哈～」Finna 笑了。

在這個未來的時空，本來的 Arthur 仍然是一個浪子，身邊不乏女朋友，但沒有一個女孩可以令他停下來。

「作為老朋友，我都好欣慰，至少我睇到，有一個時空嘅 Arthur，終於肯做隻『有腳嘅雀仔』！哈哈哈……」Kim 和 Finna 不禁開懷大笑。

「……」Stephy 顯得不知所措。

「開始啦！」Kim 回復認真的眼神，Kim 和 Arthur 這場夢之對決展開！

滙控即將於午市公布業績，業績前股價已被炒上。Kim 和 Arthur 則各動用 100 萬，前者買進其牛證，後者則買入短期認購證，即窩輪。

「Arthur，滙控股價業績前升＄1.5。」Stephy 坐在 Arthur 身邊的工作座位，對著電腦分析。

「業績前已經升，業績後回落的機會好大，我哋嘅認購證要選擇超短期，借助業績後短暫嘅爆發力，就可以立即沽出獲利！要揀隻對相關正股嘅股價上落敏感度高嘅『末日證』先得！」Arthur 對 Stephy 發出指示。

「Finna，買進收回價比較貼嘅牛證，午後滙控股價再抽升 $1 嘅話，就立即沽出。」Kim 表現得較淡定，且充滿自信。

「明白。」 Finna 作出買入動作。

夢之對決……一直有「股神」之名的 Kim，和其好兄弟 Arthur 的對決展開！

滙控中午公布了一份較市場預期好的業績，股價在午後維持升勢，抽上 2% 升幅。

「沽出！」Stephy 執行了沽出指示。

「沽出！」Finna 同樣。

收市前，Kim 和 Arthur 不約而同把手持的牛證和認購證沽出，雙方都預計業績無論好與壞，股價績前的升勢已反映了業績的預期，故不宜冒險持過夜倉。

是日總結

Kim 的牛證賺幅 15%。Arthur 的末日證則帶來 10% 的升幅。由於引伸波幅的關係，認購證的升幅在某一水位被鎖死，買方出價較低，所以升幅較牛證慢。

Kim 帳面資產值：$2,015 萬。
Arthur 帳面資產值：$2,010 萬。

業績公布前後的策略

大家有否留意到，上市公司業績公布前，股價總有異動？用滙豐銀行作例子，很多時候滙控的業績期，不論是季績或全年業績，其股價總在業績前已抽升，這是由於不少大戶或機構投資者，都總會預期滙控盈利多賺一個數目，股價被憧憬而炒上，這情況在過往很多時候都出現，就是滙控業績前例升，業績後便從高位回落。

在窩輪、牛熊證的部署上，了解個別股價在業績前後的走勢，你可用過往幾年的去向作參考。成功的例子很多，如近年科網大熱，騰訊（0700）和舜宇（2382）績前常被投資者憧憬賺大錢，股價一般向上居多，大家不妨多留意。但有一點要提醒讀者，一般在績前已被炒高的股份，除非業績相對市場憧憬的還要亮麗，即較大行估計的預期還要高出很多，否則就算業績對辦，績後股價下挫的機會很高，對認購證或牛證部署上，該是績前一日沽出為上策，盡量不要持有輪證至業績後為佳。

5.14

夢之對決，第二個交易日……

「Arthur，睇嚟你嘅投資技術，仍未掌握得好全面啊～」Kim 狠狠的一句。

「激氣！」的而且確，Kim 的投資部署一向較 Arthur 技勝一籌。

「唔好灰心啊！」Stephy 在旁為 Arthur 打氣。

滙控在公布較市場預期略優勝的業績後，股價翌日再多升 $0.8 後回落，並倒跌 1%，市場借好消息而出貨，惟大市在其他重磅股支持下仍有升勢，牛市三期，雞犬皆升！滙控雖然逆市而行，但在股王騰訊帶領下，恒指破位創新高！

「Kim，我哋策略上應該點做好？」相對 Stephy，Finna 表現得很有條理。

「遇上大牛市，就買指數認購證啦！再重磅加碼騰訊認購證！升市要賺盡～短期大市無太大因素向下，入較遠價的恒指認購證，睇行使價 3,000 點過外，股王隻認購證就睇行使價 60 蚊過外！我要用呢兩隻證，一口氣擊潰 Arthur ！」Kim 向 Finna 發出了清晰而明確的指示。

「我明白啦，已經選出呢兩隻證，買入金額係？」

「各 $200 萬。」Finna 執行了買入的指令。

「Arthur⋯⋯」

首仗失利後的 Arthur，在電腦前沉思了一會，他正在檢討當前大勢。

「Stephy，你記得嗰份來自未來嘅報紙？」Arthur 在 Stephy 耳邊輕輕地說。

「哦？當日出現喺病房嗰份？」

「嗯，仲記得內容嗎？」

「唔！」

「美國會喺某日嘅上午開市前，向北韓發射導彈，先發制人，令金融市場重挫！」

「我記起啦！但依家牛氣沖天，如果逆市買跌，恐怕喺決戰結束前，我哋就唔可以追上利潤而落敗！」Stephy 有所顧慮。

「嗰份報紙應該係畀我哋嘅提示⋯⋯加上論投資技術，我一直都唔係 Kim 對手⋯⋯」面對著 Kim，Arthur 的信心本身已不足夠，何況首仗失利。

「即係話，我哋……要『賭』一鋪？」Stephy 記得，賭博是買賣牛熊認證中的大忌。

「Stephy，你揀一隻貼價而較高防守力嘅中期騰訊認購證，小注買入。另外，買入遠期恒指認沽證，行使價距離現時指數 8,000 點，小注入用作對沖！」Arthur 發出指令。

「明白啦～買入金額分別係？」

「$200 萬騰訊認購證，$50 萬遠期恒指認沽證。」Stephy 正確執行了交易動作。

是日總結

恒指受股王單日升 $15 帶動下，有 800 點的升幅。Kim 的恒指和騰訊認購證，帳面賺取了高達 25% 和 40% 的利潤。

Arthur 的一方，由於選擇了較貼價的騰訊認購證，升幅自然較弱，只有 15%，而其遠期恒指認沽證則挫 8%。

Kim 帳面資產：$2,145 萬
(+$500,000/+$800,000)

Arthur 帳面資產：$2,036 萬
(+$300,000/-$40,000)

用以「對沖」之策

不論是股票或指數，都不會無止境地上升或下跌，就算是強勢的牛三，也總有回吐的時候。牛熊證和正股之間的關係，除了是其衍生工具外，也很合適用作「對沖」之用。

所謂「對沖」，就是預期相關正股或指數，在短期內會出現一個向下調整，而不想白白看著正股價格下挫的一種方法。熊證在這個時候發揮很大作用。有些時候，手持的正股是一隻優質股，投資者在低位買進，並不想輕言止賺沽出，或看好未來有更好的遠景，無奈大市指數已破高位，回調在即，優質股在大市回吐浪中也不能避免，這時買進相關正股的熊證，在正股回吐浪中，熊證能夠因而賺取利潤，和正股股價下跌的蝕幅互相抵銷，這方法就是對沖。

注意對沖的動作，只能單以買入熊證作主導，不能用上認沽證。你或許會不明白，為甚麼兩者都是在正股下跌時，價格便會向上的工具，但對沖只能用上熊證呢？

這是因為熊證不受「引伸波幅」所影響，相對窩輪是較公平的工具，當相關正股下挫，窩輪的價格可能受「引伸波幅」影響而未能跟上，反之，熊證便不會了！

5.15

夢之對決，第三個交易日……

「帳面上愈拋愈遠啦，Arthur！哈哈……」Kim 意氣風發地說。

「……激氣！要冷靜！冷靜！投資一定要冷靜先得！」Arthur 的心中不斷對自己反覆提醒。

「Arthur！你嘅對沖策略似乎唔湊效啦～哈哈！你唔好再逆天而行啊！炒股要順勢～我唔係老早已經教過你咩？」Kim 指向 Arthur 說。

「激氣……」Arthur 垂下頭，雙手拳頭一直緊握著。

牛氣沖天，國務院公布最新支持電動車補貼策略，電動車的龍頭股比亞迪（1211）因而炒起，連帶其周邊汽車相關股，如吉利（0175）、華晨（1114）等股價都隨即炒上。

「沽出騰訊認購證鎖利，只留恒指認購證！再買入比亞迪嘅牛證！我哋隨國策而入市炒上落，估計北水短線撤走有限，比亞迪嘅牛證入面，揀一隻距離收回價有 10 蚊嘅！」Kim 的指示永遠是簡單而直接。

「嗯，要買進幾多？」

「$300 萬。」Finna 隨即在市場執行買入動作。

「我哋仲係要堅守對沖之策嗎，Arthur ？」Stephy 面對當前局勢，明顯已有點不安。

「事到如今，我哋惟有相信嗰份未來報紙啦……」Arthur 選擇相信報紙上的內容。

「國策炒上電動汽車股，Kim 已重貨買入比亞迪，我哋跟嘅話，帳面雖然會賺……但雙方嘅利潤還是愈拉愈遠。」Stephy 在電腦前盤算中。

「買進電動車相關股，吉利的認購證，揀一隻行使價較現價 5 蚊距離；再加注用作對沖嘅恒指認沽證，我哋應該可以買唔少恒指認沽證吧？」Arthur 的重中之重，是相信未來報紙上的壞消息。

「嗯，過去兩日嘅大升市，恒指認沽證嘅價格已經跌至仙位……咁各買份數幾多？」

「吉利車認購證 $300 萬，收市前沽出！」

「恒指認沽證 $100 萬，持貨過夜！」

「OK ！」Stephy 執行了相關動作。

是日總結

在內地國策推動下，電動車股板塊接力炒，惟大市連升兩日後有小量回吐，收市跌 300 點，藍籌股普遍向下，市況氣氛轉向審慎。

Kim 的一方由於果斷止賺了騰訊認購證，最終鎖利 30%，恒指認購證則倒跌 15%，蒸發了昨日的利潤，而比亞迪認購證則炒上 15% 收市。

Arthur 的一方，則因為騰訊認購證較貼價，正股回落對其影響不大，市場在牛氣沖天下仍看好後市反彈，跌幅自然較輕，於 12% 的升幅鎖利。由於恒指下挫，其遠期恒指認沽證則在加注後，輕微上升 5%，最後吉利認購證的升幅是 10%。

Kim 帳面資產：$2,140 萬

〔-$200,000（騰訊認購證回落鎖利）/-$300,000（恒指認購證）/+$450,000（比亞迪認購證獲利）〕

Arthur 帳面資產：$2,067.5 萬

〔-$60,000（騰訊認購證回落鎖利）/+$75,000（加注後的恒指認沽證）/+$300,000（比亞迪認購證獲利）〕

配合「國策」作買賣

隨著在世界舞台上崛起，中國在世界各地的影響力顯得愈來愈重要，內地的經濟增長按年以 GDP 6.5 以上穩定增長，漸漸成為一個強大的經濟體；香港和內地關係緊密，其內地政策方向對本港影響特別重要，內地政策的一舉一動，對恒指和其中資成份股的波伏影響甚大，我們當然要多加注意。

・須留心的重要日子

以下是三個內地在政策推行上較重要的日子，要多加注意：

- 三中全會（推行改革發展的方針）
- 國慶日（10 月 1 日為國慶日，市場一致認為國慶前夕的國內股市普遍會造好）
- 中央經濟工作會議（會議提出明年經濟工作重點，以及針對經濟策略）

・避開調控政策的塊板

炒輪證不能抵受不利的國策消息衝擊，否則一旦急挫，便難有翻身之日。在政策上，內地房產近年升勢過急，泡沫形成而令中央擔心，故近年中央已出招調控，包括加大稅項和限購令，致使內房股面對降溫之勢，姑勿論房產調整成效，但中央出手調控的塊板，在輪證上還是不要沾手，盡可能迴避，因為輪證沒有防守力的，也不能和論證鬥長命。

・買入支持受惠股

反之，買入國策受惠股，例如自由行政策受惠旅遊相關股、一帶一路受惠基建項目股、直通車受惠證券股等，這或多或少可減低看錯市的風險，並有一定的爆發力。

5.16

夢之對決，第四個交易日……

經過四日的對決，Kim 已在帳面上拋離 Arthur。Arthur 一方要追上並反超前 Kim 的利潤，他要加大注碼之餘，更要寄望 Kim 的一方有所失誤才可。但 Kim 為投資天才，要其失誤，可謂天方夜譚……

「你都係認輸吧！三日內你哋進帳得算唔錯，成績都叫滿意啦，但無奈對手係我！」

「Kim，你嘅投資技巧同觸覺，真係無懈可擊……」

「聽日係週末前，所以我會鎖利沽貨，你無可能追到我嘅利潤啦。」

「的確係……」

「Arthur，我哋點好？聽日就係比賽嘅最後一日啦。」

「可惡……」Arthur 已知大勢已去，「Kim ！！你擁有對市場敏銳嘅觸覺同投資技術，理應對散戶作出有利嘅分析啊！你可以幫助唔少人，點解你要咁樣做？你根本唔係我所認識嘅 Kim ！

Kim 同我一齊成長，我知道你唔係咁嘅人！喺任何時空都一樣！！」Arthur 向著 Kim 大聲喝著。

「……」Kim 迴避了 Arthur 的目光，沒有理會。

「加注！恒指認購證，同時買進恒指牛證！炒輪證的第一戒條，唔好持貨過週末！目標聽日前沽貨清倉就得！」Kim 向 Finna 發出入市指令。

「買入金額？」Finna 對 Kim 的指令從不懷疑。

「各 $200 萬。」

如是者，Kim 同時持有恒指認購證和恒指牛證。至目前為止，Kim 的策略幾近完美，並能夠穩定地鎖利，做到不斷增長的目標。

Arthur 則有點落寞，來自未來報紙上的事件，看來並沒有出現，其利潤已追不上 Kim，可以說，幾近肯定要輸掉這場比賽。

「睇嚟，佢哋兩個始終贏唔到 Kim，改變唔到 Kim 嘅命運。」時空警察一直在監察比賽發展。

「嗯，Kim 嘅投資動作同策略，以至心理質素，都接近完美，無計。」

「Stephy，我哋孤注一擲，買入恒指熊證，貼價 1,000 點收回價，放手一『博』啦！」Arthur 看到大勢已去，內心焦急，他擔心原本屬於自己時空的 Kim 和 Stephy，會因為他輸掉比賽而永遠挾進在時空裂縫之中。

「Arthur，咁樣做我哋連本金都有可能輸晒啊！唔好孤注一擲啊！」Stephy 雖然是新手，但顯得較 Arthur 冷靜。

「已經無退路……唔咁樣，我哋係無可能贏到 Kim……」說罷，Arthur 親自操作，在市場上買進恒指貼價熊證，收回價是 1,000 點內，買進金額為 $500 萬。

終於收市……

「Arthur，你輸了！」

是日總結

是日，恒指保持升勢，滙控在業績後完成回吐，並開始反彈，帶領恒指上升 400 點，由於累積升幅已有一定數目，Kim 保持策略週末前不持倉，沽出所有認購證清倉，是日賺幅為 25%。

而 Arthur 一方則兵敗如山倒，Arthur 沒有聽取 Stephy 的勸告，孤注一擲逆市買入恒指貼價熊證，最終因恒指收市升 400 點，該熊證迫近收回價，跌幅擴大至 50%，連同本身持有的恒指認沽證，沽出時總數跌幅約 15%。

Kim 帳面資產：約 $2,290 萬

(+$1,000,000/+$500,000)

Arthur 帳面資產：約 $1,795 萬

(-$2,500,000/-$225,000)

第一戒條：不持貨至週末

對筆者來說，在短線操作上，買賣窩輪或牛熊證的第一戒條，就是不可以持貨至週末。這個道理很簡單，當你持貨至週末的時候，要擔驚受怕未來兩天假期會不會有任何外來對股市不利的因素產生，同時要祈求週五夜市和美股表現如願。很多時候，內地的重大政策如下調 / 上調準備金率、息口或對房策的調整等，對股市敏感的消息大多於週末公布，這對持有認股證或牛熊證的朋友來說，無疑是增加了不少未知風險。

再者，窩輪和牛熊證是計入時間值的，距離行使價愈升，時間值消耗便會愈大，證價下跌的速度便會愈急，倘若相關正股或指數牛皮不動，一隻窩輪或牛熊的價格在沒有方向下，都會出現每日下跌的情況，這就是反映了時間值消耗的問題。了解這一點後，大概可知道為甚麼炒證作短線的第一戒條是不持貨至週末，因為兩天的週末假期，按理論上價值是流失了兩天的時間值，除非週一開市或假期後開市大幅向上 / 向下，否則輪證計數上會先行向下居多。

5.17

夢之對決，最後交易日⋯⋯

「放棄啦 Arthur，你已經輸咗！」

「對唔住，Kim、Finna⋯⋯」Arthur 所指的，是本來同屬他同一時空的 Kim。

「你犯下咗炒輪證最嚴重嘅錯誤⋯⋯」Kim 指出 Arthur 的操盤錯誤。

「的確⋯⋯」Finna 點頭同意。

「Arthur⋯⋯我哋炒賣窩輪同牛熊證，最重要係冷靜，要冷靜去評估當前形勢，先制訂策略，再出擊，市況一旦不似預期，就要果斷止賺或止蝕，呢幾點我唔係一直都有同你講咩？」Kim 向 Arthur 說。

「你話你哋係嚟自過去另一個時空，但我所認識嘅 Arthur，絕對唔會犯呢種低級錯誤！所以我相信，你哋大概係因為喺另一個時空上，睇到某啲未來資訊，而做出今次逆市而行嘅策略？」Kim 的確摸透了投資者的心理。

「嗰份報紙……可惡！！！」Arthur 心中不忿。

在平行時空上出現的東西，可以彼此吻合，但也可以有出入。Arthur 被報章上所提及出現戰爭的消息誤導了。

「嗯，畢竟係唔同時空、唔同宇宙所產生嘅故事，所以每個都唔一樣啊，Arthur……」Stephy 安慰。

最終，在這個時空上，美國沒有向北韓動武，股市沒有因而出現股災，Arthur 的重倉熊證被殺了……

「咁嘅話，即係我哋要將 Kim 同 Finna 永遠挾喺時間裂縫裡面？Arthur 睇嚟已經無辦法阻止盛天金融嘅發展……」時空警察的對話。

「唔……」

是日總結

恒指出現輕微技術性回吐，最終倒跌 100 點。全週累計升幅超過 10%，外圍風平浪靜……

Kim 沒有作出任何動作，他保持當初之策，週末前盡量減少買入認證，輪證並不持過週末，順勢而行之策，令他短短一週鎖利超過 $200 萬。

Arthur 孤注一擲的舉動，走向了無可拯救的死地，恒指熊證最終只能保住本金兩成的結果。

第二戒條：忌盡地一煲

不少人認為，犯下這項all-in戒條的朋友，一定是投資新手！有經驗的投資者都知道窩輪或牛熊證有機會損失全數本金，一般都不會愚蠢地盡地一鋪去博吧？可惜，事實並非如此，新手往往未熟悉輪證市場，或擔心波幅太大而控制注碼，俗稱「怕死」！反之，有一定經驗的朋友，或許一時未能接受對上一次的投資過錯，心急想追回損失，又或對自己過分自信，深信自己的分析一定準確，往往因而大手買入，結果卻大多是敗陣而回。

請任何時候都記著一句老話：「留得青山在，哪怕沒柴燒？」盡地一煲去博是極愚蠢的行為，特別在窩輪和牛熊上，看錯方向要嚴守止蝕，只要有資金，看準機會再出擊，隨時可反敗為勝，很顯淺的道理，卻沒多少人能夠真正做得到。

5.18

收市後。

「Kim，我輸啦。」Arthur 雖不情願，但不得不承認。

「唔……你要遵守當初嘅承諾，返去自己嘅時空……」Kim 背向著 Arthur 說。

「嗯……我已經無能力阻止你……」

「好高興喺呢個時空重遇你，呢一個星期，我好開心，因為你令我重溫多一次中學時代，我哋打機決戰嘅感覺。」

「Kim……」

「你應該知道，投資人嘅心態永遠都係孤寂，炒股嘅路途上，我哋一直只能夠靠自己，不斷磨練同進化。」

「嗯……」

「正正因為咁，成功嘅投資家，內心大多都是孤獨……成功嘅路途上，我哋得到金錢同權力，但本質卻因為咁而改變……」

「……」

「多謝你同 Stephy 嘅出現，我重拾返當年我哋嗰種無私嘅感覺，一齊挑戰，一齊拼勁同成長嘅年代。仲有……你喚醒咗我哋當初一齊建立盛天金融嘅目標，就係……」

「將我哋嘅投資智慧，傳畀每一位有興趣投資股票嘅人，希望佢哋生活會因為咁而得到改善！」Arthur 和 Kim 一起說出。

「任何時候，任何時空，有一樣嘢係永遠唔會改變……」

「我哋都係好兄弟！」Kim 向 Arthur 伸出了友情之手。

＊＊＊

17:00 電視直播……

主持：「有請盛天金融主席，發表對後市嘅評價，近日盛天金融嘅投資策略準確捕捉咗大牛市升浪，令散戶如痴如醉，奉若神明。」

Kim：「股市近日已升至泡沫，大家請保持清醒，量力而為！歷史係會不斷重演，一輪狂牛過後，必然會引發一場無可避免嘅向下調整。」

主持：「哎，咁即係意味住股市會下挫嗎？你咁講係咪對投資者作出忠告？但盛天金融過往一直鼓勵投資者入市，難道係錯嗎？」主持心想，和原稿有著很大的出入啊！

Kim：「我哋並唔係神，無人能夠準確預測股市嘅頂同底。買賣認股證、牛熊證嘅成功關鍵，在於能唔夠控制人性本身嘅貪念。從今日開始，我唔希望再見到，有一位散戶因為我哋盛天金融而蝕錢……」Kim 向著全國直播的大氣電波公開說……

＊＊＊

回到 2020 年……

美樂冰室內，四位幹勁十足的中年人，正在開展其大計！

「今次上市一定要成功！成功之後，投資技術總監一職預咗你啦，Arthur ！」Kim 向好兄弟 Arthur 的膊胳大力打一下。

「係咪堅先？咁要辛苦 Finna 啦，你要快手搞掂份上市文件啦！」Arthur 指著 Finna 說。

「得啦得啦，但得我一個人做，實做死我啦！早知留喺 Kenson 間公司算！」Finna回想，如果在舊公司，至少有乙姐的幫忙吧。

「好心你去幫吓手啦，得個講字！」最終能夠食住 Arthur 的，仍然是 Stephy。

「喂，我本身係要員嚟㗎，好忙呀！～」

「哈哈！」

「係呢，其實你哋無必要搞咩上市吖，點解要同股東分利潤啊？」Stephy 追問 Kim 和 Arthur。

「盛天金融代表住我同 Arthur 嘅奮鬥成果！同埋我哋奮鬥嘅最終目標！」Kim 和 Arthur 同時互相對望，發出了友情的微笑！

「目標？係咩呀？」

「我哋希望做到——將我哋嘅投資智慧，傳畀每一位有興趣投資股票嘅人，希望佢哋生活會因為咁而得到改善！」

第三戒條：忠於當初策略

買入窩輪或牛熊後，請永遠記得自己當初買入的本意，你買入這一隻認購證 / 認沽證又或牛證 / 熊證前，心目中一定盤算過相關資產或正股的價格走勢，然而當買入後走勢不似預期，便要果斷止蝕，不作多想，不要多等一會看看後市形勢或放手一博待反彈有賺才沽，因為這些動作都有很大機會把損失拉闊。

有幸買對方向，也切不要被相關資產的升勢沖昏頭腦，到心目中的目標價便請盡快沽出，不要妄想可能會再多升一點，或隨意把目標價調高，這樣當相關資產股價或點數一旦逆轉，你便不會有動力去止賺，而是眼白白看著利潤流失，甚至倒蝕，這些是經驗之談，屢見不鮮。

LEVERAGE! 窩輪牛熊全面學

作者 / 高俊權
編輯 / 米羔、阿丁
插圖及設計 / marimarichiu

出版 / 格子盒作室 gezi workstation
郵寄地址： 香港中環皇后大道中 70 號卡佛大廈 1104 室
臉書：www.facebook.com/gezibooks
電郵：gezi.workstation@gmail.com

發行 / 一代匯集
聯絡地址：九龍旺角塘尾道 64 號龍駒企業大廈 10B&D 室
電話：2783-8102
傳真：2396-0050

承印 / 美雅印刷製本有限公司
出版日期 / 2018 年 4 月（初版）
2019 年 6 月（第二版）
ISBN/ 978-988-78039-7-3
定價 / HKD$108

Published & Printed in Hong Kong

本書提供的投資知識及技巧僅供讀者參考。請注意投資涉及風險。閣下應投資於本身熟悉及了解其有關風險的投資產品，並應考慮閣下本身的投資經驗、財政狀況、投資目標、風險承受程度。